最愛の側妃だけを愛する旦那様、あなたの愛は要りません

登場人物紹介

キリアン・ドウシュ

イザベラの幼馴染である
ナイアードの公爵。イザベラを
誰より大事に思っている。

イザベラ・ライネル

（旧姓イザベラ・ディオネ）

新興国ナイアードの第一王女で、
帝国ライネルの「お飾り皇后」。
責任感が強い性格。

ヴィンセント・ディオネ

イザベラの兄である
ナイアードの王子。
次代の名君として誉れ高い。

メリダ
ローレンスが唯一
愛すると決めている側妃。
気が強く自己中心的。
ローレンス・ライネル
帝国ライネルの皇帝。
噂に踊らされ、
イザベラを邪険に扱うが……
ユゼフ
ローレンスの幼馴染にして
親友、更に直属の
家臣として支えている。

目次

最愛の側妃だけを愛する旦那様、あなたの愛は要りません　7
最愛のあなたへの愛が止まりません　212

最愛の側妃だけを愛する旦那様、あなたの愛は要りません

ライネル帝国は一夫多妻制であり、平民なら三人、王は皇后の他に、後宮において十人まで側妃を持つことを赦されている。

若くして皇帝となったローレンス・ライネルはまだ二十一歳であり、白とも見える輝くアイスブルーの美しい髪と、同じアイスブルーの瞳、陶器のような白い肌と長い手脚、端正な顔つきから、帝国中の女性が憧れる存在であった。

彼は既に、七人もの側妃を持ち毎晩違う側妃の元へ行くらしいことから好色王と呼ばれていたが、政策においては過去のどの皇帝よりも民の心を理解し、国を発展させていた。

皇后であるイザベラ・ディオネもまた、そのエメラルドグリーンの髪と同じ色の瞳、透明感のある真っ白な肌と美しい顔立ちはこの世のものではない程美しいと言われており、皇后としての評判もよく勤勉で聡明であった。

そして彼女はとても、心の綺麗な女性であった。

彼女の実家は皇帝と同じこのライネル帝国ではなく、ナイアードという海を渡った大きな島

国である。

ナイアードの者は決してどの国にも屈しない。

元々は国という形をとらず他国の支配を受けない民族として団結していたところを、一代で民を束ね、作り上げた新参国である。

元より結束力の強い民族である為に国民と王族との距離が近く、人情味に溢れた国民柄だ。現国王の子供としては、長男と、長女であるイザベラ、その下に二人の妹がおり、兄妹仲も良い。イザベラの両親もとても仲睦まじかった。

ローレンスには弟と妹が一人ずつおり、こちらも兄妹仲は良い方であるとされていた。

家柄と容姿だけを見るととても完璧な主君で、完璧な夫婦に見えたが……

皇帝、ローレンス・ライネルにはイザベラの他に愛する人がおり、元々非公式ではあったがイザベラよりも先に後宮には二人の側妃がいた。

更に結婚後には新たに五人の側妃が入宮した今、ローレンスの愛がイザベラにあると思う者は、帝国に一人としていない。

「皇后様、客人がございます」

朝、一人の侍女が静かにイザベラの部屋に入ってくる。黒髪を一つに纏めた彼女はミアと言って、このライネル国に父を持ち、ナイアード人の母を持つ、イザベラより少し年上の女性だ。

「では、執務室でお待ち頂いて」

柔らかい表情と流れるような所作で立ち上がったイザベラは、続けて自身の支度を他の侍女に促した後、「誰かしら……」と無作法にも朝食前にやってきた、予定の無い客人を少しだけ考えた。

支度を終えたイザベラが侍女を連れて応接室に入ると、艶やかな女性がふんぞり返っていた。イザベラがここに嫁ぐ前から後宮に居る側妃メリダだ。

深い紫色の緩くウェーブがかった髪を片方に寄せ、紫色の身体のラインがよく出る、胸元の開いたドレスを着ている。

長い脚を惜しげもなくスリットから覗かせ組んでいる姿はとても様になっていた。

「何か御用かしら？」

「ほんっと生意気な女ねアンタって」

「ちょっと、皇后様に向かって無礼ではありませんか？」

ミアがイザベラへの無礼を諌《いさ》めると、メリダは間髪入れず、ミアの頬を打った。

決して軽くは無い、どちらかといえば重みのある音が鳴って、予想外の行動にイザベラとミアは目を見開く。

「っ⁉」

「そう言う貴女は皇帝の妃である私に失礼よね！」

まるで皇后よりも自分が上なのだと言わんばかりに怒り、その感情を露わにするメリダに対し、イザベラはあくまで冷静に対応するように努めた。

「メリダ様、ミアは私の侍女です。無礼は詫びましょう。ですがここで好き勝手に振る舞い、手を出されては困ります」

「……アンタ誰に物言ってんのか分かってるの？　アンタは皇帝と一度も閨を共にしていないただのお飾りの皇后でしょう、私は彼の初恋の相手でもあるし今も寵妃なのよ！」

「それでも私は皇后で、貴女は側妃です。御用が無ければお引き取り願うわ」

「っ！　……アンタッ……まぁいいわ、最近陛下は第三妃であるレイラの所にばかり通っているの。何かおかしな媚薬を使っていると噂になっているわ、皇后として陛下の身の安全を確認するのはアンタの役目じゃないのかしら？」

メリダと第三妃レイラは裏で結託している。

何せ、日々行われる皇后への嫌がらせの計画犯と実行犯だ。

そんな相手の動向を管理せよとは意味のわからない言い分だと思ったが、とりあえずお引き取り願いたいので、適当に返事をして帰らせる。

皇帝がどの側妃の所に通っていようと、イザベラにとっては全く興味のない事であった。

何も初めから無関心だった訳ではない。

嫁いできた当初は、愛こそ無くとも国を担う者同士、きっと良い絆で結ばれるだろうとイザベラは未来に期待をしていた。

だが彼の氷のように冷たい視線、皇宮内での突き刺すような目線をその身に感じた時に、イザベラは現実を思い知ったのだ。

そして初夜の彼の言動は、彼女の感じたものは勘違いではないと裏付けた。

『私には、元より愛する人がいる。決してお前と愛を築くつもりなどない。お前は特別な存在ではないと思い知る事になるだろう』

彼は寝室の扉を乱暴に閉めて出たきり、初夜だというのに朝になっても戻ってくることはなかった。

『こちらこそ、願い下げだわ。傲慢な人』

朝食と謁見の際にだけ毎日顔を合わせる夫は、いつ会ってもその表情に喜怒哀楽はなく、今日の朝食でもイザベラを見る目は冷たいままだ。

「今度のデビュタント、形式上は皇后をエスコートするが……会場内では皇后の椅子から動かず、役割だけを全うしろ」

(なんて不躾な言い分かしら?)

彼の一方的な言葉には憤りを感じるが、すでに彼への期待など、一ミリもないのだし、わざわざ揉める必要もないかと僅かに息を深く吸って吐いた後、努めて無感情に返事をした。

「分かりました」

「……可愛げのない奴だ」

何故か機嫌を悪くした夫は、さらにイザベラを罵る。これもまたいつものことだった。

「お前など、その美しい見た目とナイアードの後ろ盾が無ければ皇后になどなれやしなかっただろう」

彼はそう言うが、婚約の打診はライネル国からであったし、イザベラは何事もなければナイアードに領地と爵位を賜り父や兄の為に働きたいと考えていたと言うのに……名指しで指名され、いざ嫁いでくればこの扱い。私だって帰れるものなら帰りたい。そう思うばかりだった。

「そうですか」

それでも全ての言葉を呑み込んで、たったそれだけを答えると、もう話しかけてくれるなという態度で食事に集中した。

彼女のその棘のある態度に皇帝は腹を立てていた。

若くして皇帝となったローレンスには、年上だが昔から想いを寄せている人がいる。メリダだ。

身分が低く皇后とは認められなかったため、後ろ盾が確立してから皇后に昇格させようと、ひとまず側妃に娶ったのだ。

政略上の側妃の重要性は分かっていたが、感情としてはメリダがいれば良かった。

しかし、戦争に勝つ度に敗戦国から姫を送られ、父の代よりずっと仕えている年寄り共に他国とのパイプとして幾度となく縁談を勧められてきた。

愛するメリダ以外は雑に扱っていればいつか音を上げるだろうと、避妊薬を飲ませて、義務のように無機質に抱いては放っておく。

その内、流石に側妃達が可哀想になりそれなりに優しく適当に接していたが、いつかメリダを皇后の椅子に座らせるつもりでいた。

それなのに、いとも簡単に島国ナイアードの姫との縁談が決まってしまった。国の為仕方なく娶ることにしたが、側妃などでは無礼に当たると、皇后の座を要求してきた。

帝国は歴史こそ古いが、その力は年々下降気味で、金の循環も良いとは言えなかった。そこで勢いはあるが歴史の無いナイアードとの利害が一致したのだ
しかし、それならば側妃でも良かったはずだ。なぜ皇后の座にこだわったのかとローレンスはイザベラにその苛立ちをぶつけ続けた。

自分の見た目が気に入ったのか？　帝国の力を欲したのか？

見た目だけはこの世のものとは言えぬ程美しい妻の思惑を考えるとローレンスは反吐が出た。

何せメリダの訴えによると酷く傲慢な女らしく、身分の低いメリダや敗戦国の姫共を見下し虐めているというのだ。

他の側妃もそれに反論しない。

（このような女が皇后だなんて……）

黙々と、完璧なマナーで食事をする皇后を見て、ローレンスは溜息をついた。

（その性格と無表情さえなければ、非の打ち所がないというのに）

近年ナイアードは更なる力をつけている。あとは歴史さえあれば、完璧な世界一の大国といえよう。

そう、たとえば、古くから続くこのライネル帝国のような。

（私に興味がないと見ると……子でも産んで連れ帰り、ナイアード民ではなく、正統な貴族の血統を持つ次代の王を育てるつもりか……？）

つらつらと思考するローレンスの表情を見て、何を思ったのかイザベラがため息をついた。

彼女を睨んで口を開く。

「……お前やナイアードが今後帝国への干渉をしないと言うなら、お前と子を成し、子と共に国へ帰してやってもいい」

「は？」

「お前を愛する気はないが、ナイアードの王家を認めさせるために由緒正しい我が帝国の王族の血を寄こせと言うなら、業腹だが国の為だ、呑んでやろう」

イザベラのことは忌み嫌っているが、ナイアードとの関係性が今の帝国に重要なのは事実。

ナイアード側の思惑が帝国の血を引く子だというなら、義務的に抱いて母子ともに送り返せば、友好は続くだろう。

そう考えたローレンスに、イザベラが静かに返す。

「仰られている意味が分かりませんが……ナイアードが他国より劣っていると考えた事はありません。それに……」

「？」

「私を邪険にする貴方と、なぜ子を成したいと？」

眉間にシワを寄せて僅かに首を傾げ、さも当たり前だろうというように言ったイザベラの怪訝な表情を見て、ローレンスは顔を真っ赤にしてフォークを乱暴に置いて席を立った。

「私とて、お前のような性悪と子を成すなどありえんっ！」

こうして皇后夫婦の仲は、更に決裂の一途をたどり続けていた。

メリダだけを寵愛しイザベラに冷たく当たるローレンスだが、他の側妃とも関係が冷え切っているわけではない。第三妃レイラは後宮の中では比較的うまく立ち回っているほうの側妃であった。

レイラは敗戦国の姫だ。

周辺国で一番と言ってもいい程長い歴史があり、国力が落ちたといえど大国であるライネル帝国に、小国であるレイラの祖国が敗戦したのは、ある種当然の流れだった。

しかし、帝国はその大きさを持て余したが故に財政があまり良くなかったのか、結婚いう名の人質でレイラが送られ、ある程度の賄賂を姫の維持費という名目で送ることにより、祖国はライネルの同盟国として後ろ盾を得るという敗戦国にしては、割りと条件の良い話で存続していた。

「陛下ぁ〜今日も私の所に来て下さるの？」

「さぁな、朝食の時間なので失礼する」

「ずっとずっと起きて待ってますね……」

しゅんとした表情を見せると僅かに瞳に現れる哀れみの感情。

「……また来る」

彼、ローレンスは意外と優しい人間であり、また健気な女に弱い。近頃は第三妃であるレイラを寵愛していると噂になるほどにこの宮へと通っている。しかし、ローレンスを利用するには三つもの誤算があった。

まず、一番の誤算はレイラが彼を愛してしまったこと。

あの美しい見た目と、生まれながらの貴族たる気品、祖国の婚約者なんかよりかなりの美丈夫で、好きにならない理由が無かった。

ゆえに、彼を悲しませるような策略はどうしても気が引けてしまう。

二つ目の誤算は、陛下の愛した女性がメリダであったこと。

ローレンスが一番に寵愛するのだから絵に描いたようなたおやかな淑女かと思えば、そう見せかけているのは彼の前だけで、寵姫の座を守るためならばどんな外道も厭わない女だ。

彼女を排除するどころか、後宮で爪はじきにされないために彼女の悪行の片棒まで担がされてしまっている。

そして三つめの誤算は、目下メリダが目の仇にしているイザベラが馬鹿では無かったことだった。

皇后であるイザベラは、側妃達に無害であった。

メリダのように嫌がらせをしてくる訳でもなかったし、皇帝ローレンスからの寵愛を積極的に求める訳でもない。

政略結婚で嫁いできたお姫様で、後宮の陰湿な空気にすぐ音を上げるだろう、彼女が相手なら皇后の座はすぐに空くだろうと思っていたのに……

さすがは近年勢いをつけてきたナイアードの姫というべきか、メリダやレイラの嫌がらせが激化し、先日など窒死量の毒を紅茶に混ぜて与えたというのに、三日で起き上がりやつれる事もなくあの美しい姿のまま庭園を歩いていた。

(しかもイザベラは毒入りの紅茶を飲む前に私を確かに見たわ。まるでいただきますと見せつけるように……)

動物の死体を宮の前に置いた時も、彼女はその動物を想って涙したが、畏怖する事は無かった。それを毛布で包んで、自ら穴を掘って墓まで立てたという。

深い水に落としてやったときも、水の中で自らドレスを器用に脱ぎ、真っ白な肌と美しい髪を濡らして堂々と下着姿で泳いで上がってきた。そんなイザベラを見て皇帝は見惚れてしまう始末……

大抵がメリダの案であったが、イザベラには何をしても通用しなかった。だからと言って報復をしてくる訳でもなく、それがまた更に怖かった。

考え事の最中、扉を優しく叩く音が鳴って、イザベラが訪問したいと打診してきたと侍女が告げる。許可を出せば、すぐに彼女はやってきた。

「はい、どうぞ」

「突然で申し訳ありません、要らぬ心配だと思ったのだけれど……」

そう言う彼女にこれまで数々の嫌がらせを行ってきたが、正面から対峙するのはこれが初めてだ。

「こ、皇后陛下……、ご機嫌よう」

「ご機嫌よう、少しお話できますか？」

「ええ……っと、どうぞ、そこのあなた、お茶を」

優雅な所作で促されるまま席に座ったイザベラ。レイラはそれをチラリと見てから思わず上擦った声で侍女に合図をした。イザベラのお茶にこっそりと怪しげな小瓶から二、三滴何かを入れてかき混ぜる。

気付いていないのか、イザベラは完璧な笑みで侍女にお礼を言い、ゾッとするような綺麗な目でレイラの方を見た。

「いつも美味しいお茶を淹れるのね」

「こ、皇后様にお褒め頂き光栄ですわ。」

（いつか、どれか効くはずよ。見てなさい）

そんなレイラの心を見透かしたかのように、仕方なさそうに笑ってお茶を啜った彼女は、目線をソーサーから離さずに話し始めた。

「これは、独り言だけれど。効くものは無いわ。未だに鍛錬の為に毎日少しずつ日替わりで沢山の種類を摂取します。なので、これはただの美味しい紅茶です」

そしてイザベラは、先程からあからさまに嫌な顔をするレイラに本題を話した。

「メリダ妃より、貴女が陛下へ許可も申請もされていない薬物を摂取させているという疑惑の報告がありました。陛下に限って有り得ないと考えておりますが、その効果で貴女を求め通っているのではないかとの憶測が後宮内で広がっています」

「そんなっ、あり得ません！　根も葉もない噂です！　陛下はご寵愛から通われているのです！」

「……その自信は、陛下の愛を確信してのものかしら。絶対にバレないと思う余裕からではないのを願うわ」

「そ、それは……勿論ですわ」

ドレスを少しだけ握りながら言うレイラを変わらない表情で流し見て、部屋を軽く見渡したイザベラに声が震える。

「こっ、皇后陛下、なにか？」

「いいえ、もしも何かに惑わされていれば、皇帝陛下の名誉にも関わります。そのような噂も同じです。後宮内の不信感を収める為にも、本日抜き打ちでの調査を致します」

イザベラの合図で、数名の兵士達が入って来て部屋を捜索し始めた。

「え……っ！　なに⁉　出て行ってください‼」

「レイラ妃、大丈夫です。落ち着いてください。」

「こんなのっ、落ち着けますか⁉　早く止めないと陛下にご報告させて頂きますわよ！」

「どうぞ。この後宮の責任者は私です。それに皇后とは皇帝陛下に従うだけではありません。それでは国が成り立ちません。夫婦として対等な関係であるのが皇后なのです」

「だからって‼　こんな事は許されません‼」

「いいえ、陛下のご安全と妃達の安全を守るのも私の仕事ですので、これは貴女が許す許さないの問題ではありません」

口論の間にも捜索は進み、ついに一人の兵士が声を上げた。

「皇后陛下！　これは、薬ではありませんか？　この香に使われているもの自体が強い媚薬の原料です!!」

「……そう。残念ながらレイラ妃――」

イザベラが悲しそうに目を伏せて言葉を発する前に、扉は開かれた。そこには瞳を丸くした皇帝がいる。

「陛下っ！　来てくださったのですね!!」

レイラが顔をぱあぁっと輝かせてローレンスに駆け寄る。

「……陛下」

「皇后、何事だ」

「陛下のお手を煩わせる程の事ではありません」

「それは、私が決める。何があったと聞いている」

イザベラが内心でため息をつきながら事の流れを説明すると、ローレンスは少し考え込むような仕草をした。

それに焦りを見せたレイラが必死に弁明する。

「陛下っ！　誤解でございます！　私が陛下にそんな事……」

「審議が終わるまで、宮へ幽閉とする」

「殿下……！　貴方を愛しています！　信じて下さいっ！」

感情の見えない瞳でレイラを見た後、イザベラに手を差し伸べたローレンスにイザベラが軽く驚く。

「……皇后、一緒に」

「……はい」

イザベラは心配そうにする侍女達に目配せをして、そのまま皇帝の後に続いた。事態が事態のため、間違っても他の側妃達が盗み聞きできない部屋で向かい合う。

「皇后、此度の事は……」

まさかお礼でも言うつもりなのか、と皇帝を見れば口籠られ、気づかれないように小さくため息をつく。

「……その、助かった」

落胆に気づかない様子で、彼は言葉を続けた。

「いえ、後宮を管理するのも私の仕事です。それに、礼ならば話を持ちかけたメリダ妃に仰って下さい」

「そうか。だがやはり……今回はただの媚薬であったとはいえ、手柄であった。今晩はお前の宮へ行こう」

まるで、自分と閨を共にすることが当たり前の褒美のように言う夫のその勘違いぶりに、今度は隠す事なくため息をつく。

「いいえ、それもメリダ様の所へ。心配をされておりましたので」

興味なさそうにそう言ったイザベラを信じられないといった表情で見るローレンス。イザベラが冷めた目で「今日は疲れましたのでこれにて下がらせて頂きます」と言いかけたところで、腕を取られてローレンスに引き寄せられた。

「陛下、何を……っ？」

「お前は子を成して、正当な貴族の血をその子に与えるのが目的だろう。褒美に抱いてやるといっているのに、何故拒む？」

イザベラは仰天した。と、同時に沸々と込み上げる怒りでつい言い返してしまう。

「陛下、何度も申し上げますが誤解です。貴方と子を成したいなどと思っておりません！　褒美というのであれば、私一人を無事にナイアードに帰して下されば結構です」

イザベラの言葉にローレンスは困惑した。

野望があって嫁いで来たはずの女が、何も要らぬから故郷に帰せというのだ。

ローレンスにとって嫌悪感を抱いている女のはずだったが、彼女は本当に聞いた通りの悪女なのか、と疑問が湧く。

「本当のお前はどのような女なんだ……」

「それは、分かりません。ですが、血統などナイアードは望んでおりません。どうしてそのように思われたのかは分かりませんが……御手を離して下さいませ」

パシリと強気に振り払われた手を虚しく眺めていると、彼女はいとも簡単にローレンスの腕を抜け、扉を背に警戒するような表情で此方を睨みつけていた。

(まるで、警戒する猫のようだな……側妃達の言うように傲慢でふしだらな女であればこのような反応を見せるか……?)

「陛下…？」

「……あぁ。すまなかった」

訝《いぶか》しげに夫を見るイザベラをチラリと見て、ローレンスはそう言って部屋を出た。

それを避けるように見送ったイザベラは、一拍置いて彼が彼女に謝罪をした事に驚き、目を大きくしていた。

(陛下が私に謝罪をするだなんて……)

ただ冷たく傲慢なだけの人ではないのか。

疑問と同時に、先程の彼の温もりと爽やかな香りを思い返すが、すぐに頭を軽く左右に振って「忘れよう」とかき消し、イザベラも部屋を出たのだった。

そして、翌日からいくつかの変化が起きた。

まず、朝食時にローレンスが、一言、二言とイザベラの様子を窺うように話しかけるようになったのだ。

ローレンスの態度の急変ぶりを不審に思ったイザベラは、先日の国に帰せという発言が、帝国とナイアードの国交を断絶する脅しにもなることに思い当たる。

流石にそこまでは望んでいない。

「あの、陛下……無理をして話されなくても大丈夫です。きちんと夫婦としての役割は果たしますので」

耐えかねてイザベラが恐る恐るローレンスにそう伝えると、ムッとしたように眉を寄せた。

「では、後で私の執務室に来い」

そう言ってそのまま部屋を出てしまう。

「皇后陛下……どうかお察し下さい」

控えていたローレンスの秘書がイザベラにひっそりと耳打ちをする。

イザベラは意味が分からず秘書を睨みつけたが、彼は曖昧な表情をするだけで答えは見つからなかった。

「……とにかく、準備次第向かいます。それと、監視など付けなくとも問題は起こしません」

イザベラも部屋を出た。

先程の言葉通り、ここ数日、妙に口数の増えたローレンスに加えて変化した事といえば、ずっと隠れてついて回る監視の目だ。

「貴方、出てらっしゃい」

「……」

父や兄が心配して送り込んできた護衛、という線もあるが、こんなにも早く気づかれてしまうほどナイアードの者はヤワではない。

それに、ナイアードの王族であれば身の危険は自身で守れる位の実力はあると知っている筈、そもそもナイアード側が今取り立てて帝国を気にする理由はない。

かといってこの王宮に内部の手助け無しに侵入出来る者はいない。

腐っても帝国は大国だ、城内警備のために割いている人員の数が違う。

そうなれば、どう考えてもローレンスの、そうでなくても帝国内部の人間の仕業だろう。

そうなれば当然、『よそ者』の皇后であるイザベラに返事をする訳も無く、ため息をついて部屋まで歩いた。

皇后宮に入った瞬間、ナイアードから連れて来ている侍女達に目で合図をすると、他に人目が無いのを確認してイザベラは姿を消す。

「っ！　皇后様！　……お許し下さい！」

正確には、素早く監視の背後に移動して彼を床に落として押さえつけたのだ。

「代わって、リーナ。拘束してそのまま連れて来て」

何事もなかったかのように優雅にドレスを払って奥へと歩いて行ったイザベラに、思わず見惚れてしまった監視は、リーナに腕を締め上げられて悲鳴を上げた。

数分後、監視の男は、皇帝の側近の一人で暗部の役割を担う者だと分かった。

イザベラが思ったよりも腕が立つのに興味を示し、えらく友好的な態度を取る。

彼の証言で、皇帝の監視でイザベラの後をつけていたのは、彼女を疑ってのことではなく、日頃どのようにして暮らしているのかを知りたいという皇帝の指示によってだという事が分かった。

彼も相当図太い人間のようで、時間が経つ程にかなりリラックスしてお茶菓子を頬張っている。

「……へいはは、もほもほはわるいひはじゃなひんでふ」

「貴方……口の中のものを飲み込んでから話しなさい」

「失礼。陛下は元々は悪い人じゃないんです」

「だからと言って、現状を許せるかしら」

「立場上、陛下を貶《おとし》める言葉は控えますが……ひとつ助言をするとすれば、皇后陛下は大臣達に気をつけられた方が良いかと。彼らは剣しか知らなかったと言うのに若くして皇帝となった陛下に上手く取り入り、国を思うようにしてきました」

「なぜそれが出来たの？　陛下が愚鈍には見えないわ」

自分への態度は悪辣だが、皇帝は政策という意味では間違いなく賢王だ。

だからこそ、イザベラはずっと、愚鈍や無知、誰かに踊らされているがゆえの言動ではなく、彼自身の悪意だと思ってきたのである。

「妾に入れ込んでいた前皇帝は、陛下の母である前皇后陛下を無下にしておりました。唯一彼に愛を注いだ母君は、結局は毒殺され、それからは剣に打ち込んでおられましたが……突然の事故で今度は父君が亡くなられ、即位されました。その時に、陛下を惜しまず愛してくれたのが、当時から恋人であったメリダ妃でした」

「そうだったの……」

「彼女からの感情は、愛と言うよりはペット……否、宝石でも愛でるかのような愛し方で、彼の容姿とその権力に惚れているというのは一目瞭然でありましたが、それでも彼女の存在だけが孤独な陛下をお支えしたのです」

そして、そのメリダ妃に宝飾物や、お金、権力を与える事で周囲の人間が取り入って、メリダにローレンスに意見させる事で彼らはこの国を思うままにしてきた。

だが、ローレンスもただの愚王ではなかった……徐々に賢王としての才を表し初めメリダだけでは手に終えなくなった。

そこで、大臣達はそれぞれ息のかかった国の姫や、家門の令嬢を後宮へと入れ皇后にしようとしたのだ。

メリダ以外の妃も同じことを言うならローレンスは素直に信じるだろう、と。

実際、イザベラに関してはそうなっているし、イザベラが嫁いでこなければ、政務の全てがそうなっていただろう。

「古狸達のお陰で傾いていた国庫は、ナイアードの援助によって回復しつつあります。そして皇后陛下、貴女は気高くお強いお方です。今更……無礼を許して欲しいとは言いません。それでも、皇后としてこの国を、陛下を救ってはいただけませんか……？」

ローレンスの側近としては最古参だという彼もまだ若く、この国の行く末を憂いていた。

普段は国内でこのような仕事に就くことは無いが、特例としてイザベラの監視に付いた彼は、イザベラの人柄とその強さ、賢明さに一国を担うものの影をみたのだという。

（陛下はなぜ、このような聡明な皇后を蔑《ないがし》ろに？）

普段は殆どが血生臭い仕事や、機密任務の為、国外にいる事が多い彼はローレンスの昔の事はよく知っていたが、王宮内の今の事情に疎く、更に暗部なので国内で名を名乗る事も無かった。

「不思議な方ね、貴方。寛《くつろ》ぐのは構わないけど、一度報告にでも行ってきたらどうかしら？それと、今更彼を愛せということなら難しいけれど、今はここも私の国よ、皇后でいる限り尽力するわ」

そう言って背を向けてイザベラは寝室へと入った。

その背中を、戦友でも見送るかのような笑みで見送った無礼だが憎めない彼は、瞬時に姿を消し、ミアを驚かせたのだった。

後宮の真ん中、大きい溜池の真ん中に建てられた神殿のような一階建ての宮は、中央の一番広い皇帝の部屋のまわりを八つの部屋で囲われた豪華な造りだが、さ程大きくはない建物である。

そこは年に数回、皇帝が妃達全員を呼び集めて数日共に過ごす為の宮であり、その日は皇后が決まるまでは妃達にとってチャンスの日でもあった。

今もまだ行事としてその習慣は残り、妃達を労わるという建前で行われている。そして今日、皇帝は護衛と使用人を連れこの宮に入った。

「皇后陛下！　陛下は中央宮には行かれないのですか？」

「……役割ですので参りますが、急がずとも良いでしょう。その方が側妃達にとっても好都合なはずです」

更にはどうでも良さそうに簡素なドレスを指差して「これでいいわ」と陽気に笑うイザベラに、侍女二人、ミアとリーナは顔を見合わせて、ため息をついた。

「貴女達、失礼ね。中央宮は不便なのだけど神秘的で美しいわ。……ナイアードを思い出すの。だからこのドレスがいいのよ」

この国で主流のコルセットを締め付けてくびれと胸を強調するスタイルのドレスではなく、

下着はランジェリーのみでまるで女神の衣のように体のラインが出る、柔らかい布を巻いたようなドレスであった。

「ナイアードでは服で締め付けたりしなかったわ。それに今日は一日中、陛下のお側でゆるりと過ごすのよ」

そう、行事といっても何かが起こる訳では無く、ただ皇帝と妃達がその仲を深める為に寄り添って数日を過ごし、舞をしたり、食事やお茶をしたり、そして今までは一度も無いが、各自の部屋で夫婦の営みをする事もできた。

言わば、休暇のようなものだ。

イザベラは別にこの行事が嫌いでは無かった。

祖国ナイアードに似た雰囲気の宮は居心地が良いし、きっと元気にしているであろう家族や幼馴染を思い出すからだ。

父や母、兄や妹達、そして幼馴染のキリアンがいた、あの忙しいけれど穏やかな日常を今もイザベラは恋しく思う時があるのだ。

(気を引き締めないと……)

皇后の座が埋まったとは言え、男児を産めば次期皇帝の母としてその実権を手にできると妃達は躍起になっているだろう。

それでも、ドレスを身につけて、邪魔にならない程度の控えめな装飾品で飾ったイザベラは、

「髪は下ろしておいて大丈夫よ」といつもの調子で伝えただけだったが……

簡素な格好であるにも関わらず、まるで神話から出てきたかのような美しさを放つイザベラを侍女たちはうっとりとした表情で見つめた。

「行きましょう」

自室を出ればすっかりと皇后の顔となったイザベラは中央宮へと向かう。すると宮に続く橋の前に現れたのは、メリダをエスコートするローレンスであった。

けれど、いつもの表情とは異なり何処か憂いを帯びた表情をしたローレンスは、彼にピッタリと引っ付くメリダがイザベラを見て自慢げにほくそ笑んだことなど気づいてもいないようだった。

「あら、皇后陛下。お先にどうぞ、ねぇ陛下？」

「いいえ、皇帝陛下の前を歩く訳には行きません。どうぞお先に……」

イザベラが美しい所作でカーテシーをすると、余りの壮観にハッと引き戻されたローレンスは、今度はイザベラの姿を見て見惚れたように固まった。

「陛下？」

（本当に、彼女の心は醜いのか？　飾り気のないこの美しさは外見からだけで出るものではないはず。私は一体何を見ていたのだろう。レイラはメリダからの案で、イザベラを蹴落とす策を練ったと証言した……。今度の件は自分より皇帝と閨を共にするレイラを抹消する為にメリ

ダがイザベラと手を組んだのだろうとも）

妃一人の証言では判断しかねる事であったし、メリダとイザベラは手を組めるほど仲が良くは見えなかったが、イザベラを蹴落とす策があった、という部分がどうにも引っかかった。

「どうしたの、ローレンス？」

皇后の前だというにも関わらずまるで見せつけるように皇帝の名を呼びその頬に手を添えて小首を傾げるメリダ。

そんな無礼にも、興味などなさげに静かに佇み二人が渡るのを待つイザベラを見て、ローレンスはイザベラの故郷に帰してくれという願いを思い出してチクリと胸が傷んだ。

彼女の言葉を信じるならば、彼女は自分にも帝国にも興味はない。

「……行こう」

「ええそうね、ではお先に」

本来ならば側妃が皇后の前を歩く事など無礼極まりないが、今は皇帝のエスコートがある。

ローレンスはなにやら物思いに耽っていたようであったが、彼が愛した女性はメリダのみ。

この後宮内でも、皆が彼女には一目置いていた。

彼等が通ったのを確認してから、短く息を吐いて歩き始めたイザベラを宮の前で待っていたのはローレンスであった。

「……陛下、忘れ物でしょうか？」

「……いや、あの、そうだ。皇后に……」

歯切れの悪い彼に隠す事なく眉を顰めて首を傾げると、観念したように脱力した彼は、珍しく、年相応の所作で気まずそうに言った。

「無礼を働いて申し訳ない。メリダには先に入って貰った。こっ、皇后をエスコートさせては貰えないだろうか？」

今まで皇后への礼儀など気にかけた事もない彼の予想外の行動に驚いたイザベラは、訝《いぶか》しげに小さく頷いただけだった。

「陛下、私は気にしません。褒美の話が有効であれば、私はいずれナイアードへ帰る者です。なので、今後は皇后への建前よりも、陛下が心から愛し、愛してくれる者をお選び下さい」

そう言って差し出された手を取ったイザベラの言葉に、ローレンスはギョッとしたように顔を上げて「あれは……！　まだ保留だ」といってすぐにそう言った自分に後悔した。

(政略で次々とできる妻など一人でも多く追い出せばいいものを……まして今まで嫌ってきた皇后を引き止める等、皇后からすれば不気味に思うだろうな)

けれどそれ以上考える時間は無かった。そして、それ以上二人とも言葉を紡ぐことはなかった。

「両陛下が到着致しました」

結婚してから初めて中央宮へ共に入宮したイザベラとローレンスを笑顔で迎える妃達であっ

たが、その胸中は皆それぞれであった。

メリダはドレスを強く握りしめていた。

彼女の胸中が嫉妬と憤怒で煮えくり返っていたのは言うまでもない。

カタカタと小刻みに震えるのは第四妃のサラ。

彼女もまた、家門の為に送り込まれた令嬢であり、彼女の家門は彼女が皇帝の寵愛を取れなければ未来は無いとも言えた。

第五妃のキャロライドは遠国の姫であるが、皇帝である彼に一目惚れし、多大な援助を理由に無理矢理嫁いで来た。

第六妃のフィージアは男癖が悪く、ローレンスの容姿と権力を好いて国の大臣である父に我儘を言って妃となった。

彼女の家もまた、僅かだか国庫への援助をしている。

第七妃のテリーヌも敗戦国の姫であり、彼女もまた大臣達の私腹を肥やす為の援助の為に人質として連れて来られた姫であった。

新興国であるので正統性こそ低いものの、財力、武力ともにナイアードは他のどの国よりも豊かであり、敗戦もしていない。

寧ろ、大臣達の計らいとはいえ頼まれて嫁いで来たイザベラにとっては、ローレンスは対等な伴侶という立場であった。

なので正に皇后に相応しい彼女とローレンスの距離が縮まることは、彼女達にとって好ましい事ではなかったのだ。

「……皇后、楽にしてくれ」

エスコートしたローレンスは彼専用の大きなソファにイザベラを座らせて自分もその隣に腰掛けた。

その後は我先にと彼の足元、隣に群がる彼女達に囲まれたローレンスはさながら遠国の砂の国の後宮さながらであった。

その最中でも、当然事件は起こる。

「……皇后陛下！」

メリダがわざとらしく、イザベラの膝に紅茶をこぼすと皆は白々しく心配の声を上げた。

「大丈夫よ。着替えれば済むわ」

「でも、皇后陛下はその、とても薄着でいらっしゃるので……」

イザベラの白いドレスを皮肉ったメリダの台詞は彼女に「ありがとう」と適当に礼を言われて流される。メリダは悔しげに唇を噛むとサラを睨みつけた。

「きゃあ！」

サラは飲み水の入った大きな瓶を派手に滑らせ、事故を装いイザベラに思いっきりかけた。

「す、すみません！　両陛下！　濡れていませんか？」

ローレンスは何とか濡れてはいないようだったが、不機嫌そうにサラを見た後、少しだけ心配そうにイザベラに目線をやる。

「……皇后。どうやら着替えてきた方が良さそうだ」

不自然に視線を彷徨わせてそう言ったローレンスの視線は、透けて露わになった彼女のドレスの下をチラリと見ては目を逸らしてを繰り返していた。

クスクスと笑う妃達は、いつもならばイザベラに興味のないローレンスに咎められることはないだろうと思っていたが、思わず睨まれて急いで言い訳をする羽目となった。

「そ、その皇后陛下はコルセットがお嫌いのようですわね」

「フィージア様の言う通りですわ、陛下。皇后陛下とはいえこのようにあからさまに誘惑する格好ははしたなくてよ？」

メリダがローレンスの内腿に手を当てて、勝ち誇ったような笑みで彼に言い聞かせるように言うと、女性の装いなど詳しくはない彼は少し迷った仕草をした。

イザベラとしては彼にはどう思われてもよかったが、嘲笑うような妃達の目線とやられっぱなしで逃げるように出て行くことはイザベラのナイアードの姫としてのプライドが許さなかった。

幸い、この中には妃達と皇帝のみ。イザベラはふっと笑ってから、堂々とした仕草と口調で反撃した。

（仮でも夫と妃達だけよ。堂々としていれば大丈夫よね。ナイアードの者として他国の姫君に舐められるような事があってはいけないの）

「そうなの、祖国では女性だからと締め付けられるだけの窮屈な格好は主流じゃないの。皆、作らずともありのままで美しいのよ」

「なっ⁉　それは私達が作り上げた身体だと？」

メリダが引き攣った顔でそう言うと、立ち上がったイザベラの美しさに圧倒されたように声を失った。

「……そうね、そういう意味ではないけれど。そちらこそ、はしたないというのはこう言うことかしら？」

濡れて重くなったドレスを床に落として、下着姿だというのに堂々とした所作で見惚れるローレンスの肩に手を置いて頬に口付け「では、お先に」とその場を後にしようとして、追撃する。

「あら、下着まで濡れたわね」

ランジェリーを拾えとでもいうようにサラの目の前に落として、床のドレスをチラリと見るとイザベラはメリダの方を向いて「この部屋には侍女が居ないのよ」と困ったように言った。

この部屋では妃達が皇帝のお世話をする。その為侍女達は妃達の部屋の隣の各部屋で待機していたのだ。

ローレンスはハッと我に返り、イザベラにジャケットをかける。

「では、私が部屋まで連れよう。お前達、此処を片付けておくように」

それだけを言い残してイザベラを横抱きにして部屋を出てしまった。

妃達は、まるで自分がイザベラの侍女にでもなったような気さえもして、ローレンスが完璧に彼女の肩を持った事が悔しくて顔を怒りで歪めた。


「……ありがとうございます。下ろして下さい」

真ん中の部屋を囲うように円に作られた廊下を出れば、入り口の反対側の扉からすぐの場所に皇后の部屋があり、その奥には使用人の部屋がある。

使用人達の出入りは外からの扉となっていて、妃達の部屋を通る必要は無い。妃達の部屋側からしか鍵がかからないようになっており、部屋と部屋の間は小さめだが温室のような、室内にも関わらず美しい中庭があった。

そして、二人がいるのは廊下の皇后の部屋の前である。

ローレンスはそっとイザベラを下ろすと、何か言いたげに眉を顰めた。

「……」

「陛下、お戻りになりませんと妃達が心配致します」

「皇后は、いつもあのような悪意の中にいるのか？」

イザベラは腹立たしい気持ちをグッと抑えるように、ローレンスを見ずに返事をする。

「まるで、ご自分の行いは悪意に入っていないように仰るのね」

顔を上げたイザベラの鋭い光を放つ瞳と目が合うと、不謹慎にもローレンスは薄暗く見えていた景色が鮮やかに映るような感覚がした。

ゾワゾワと何かが身体を走るような感覚さえしたし、イザベラのエメラルドグリーンの瞳は今まで見たどの宝石よりも鮮やかで美しく感じた。

（いや、私はいったい何を……国政の為、大臣達に言われ妃達を娶るのは致し方無かったとはいえ、私にはメリダしかいないはずだろう……血迷ったか）

雑念を追い払い、ローレンスはイザベラに向き直る。

「……どういう意味だ？」

「私の品格維持費や、その他諸々はナイアードからきちんと有り余る程に援助されている筈ですが、使用人の人数が一番少ないのは皇后宮です。何をするにも『なぜか』予算がないと皇帝陛下がお断りになるので、私の生活は必要最低限以上は私財で賄っていますのよ？」

ローレンスは驚愕した。

ナイアードから援助された皇后宮へ宛てる費用は毎月きちんと皇后に使われるように指示していたし、余れば皇后の手に渡るように言っていたのだ。

それに……

「私の指示ではない。記帳された帳簿も毎度きちんと確認している」

今度は、イザベラが驚愕する番であった。

ローレンスが嘘を言っているようには見えない。

「では、お金だけが消えていると？」

ナイアードが援助を断った訳ではないのは確実であった。

兄からの手紙にはライネル帝国ではなく、ナイアードがイザベラの生活資金を援助する理由が確かに書いてあったからだ。

イザベラの現状を手紙と噂によって知ったナイアードの王、もといイザベラの父は極度のブラコンであるイザベラの兄と共にライネルへ抗議する事を考えたが、無闇に行動をしてはイザベラの立場を悪くしてしまう可能性もあるのではないかと考え、『ナイアードはイザベラを手放したつもりはない』という意思表示のつもりでイザベラの品格維持費と生活費の全額援助を申し出たという話であった。

イザベラが残してきた幾つかの事業が妹達に引き継がれ、いまだに利益を上げている事に加えて、そもそもナイアードはこの程度で傾きはしないとまで書いてあった。

（それに、いつでも帰って来いとも……）

「調査しよう。……本当に申し訳なかった」

「特に不自由はしておりませんが、これでは祖国からの気持ちを踏み躙る事になりますので。

許可を頂けるなら私が調査致します」

「いや……こちらで責任を持って調査しよう」

「……」

「不服か？」

「ええ、どのように陛下を信頼すればいいのかと」

「……っ、では皇后にも調査の指導権を与える」

「感謝致します。では……、……？」

中々その場を動こうとしないローレンスを疑問に思い首を傾げると、バツが悪そうに視線を彷徨わせる。

「いや、お茶には誘ってくれぬのかと……」

「……？　そのような仲ではないでしょう。メリダ妃が待っている筈です。お戻り下さい陛下」

「だが……」

「このような格好ですし、今日は下がらせて頂きますが、明日また参りますのでお話はまた明日」

「皇后……っ！」

ローレンスは閉められた扉を捨て犬のように見つめてから、髪をくしゃりと崩し踵を返す。

若き皇帝にとって、始まりは信頼できる者などいないと思っていた王宮だった。

しばらく王座にいる内に確かな基盤を作れていると思っていたが、改めて身の回りの者達の腹の中を見極める必要がありそうだ。

不慣れな政治を教わった老いぼれ達は、心から信頼していたわけではなかったが、国を想う気持ちは本物だと信じていた。

初めて目にした、妃達から皇后への悪意と、思っていたものとは違う皇后イザベラの対応。

まるで自分だけが何かを見落としている気さえした。

(さっきのメリダは……イザベラよりも彼女の方が……)


皇帝が去った部屋で、苛立ちを隠せないと言うようにメリダがグラスを払い落とす。びくりと肩を揺らす妃達と、スッと目を背ける妃、メリダはそれぞれの反応を確認してから深呼吸して、彼女達を見渡した。

「サラ、片付けておいてくれる?」

我関せずを決めこんでいるテリーヌ以外の妃達にメリダが問いかける。

「私に付いてくる者は? 貴女達が受けている恩恵は計り知れないはずよ」

事実、他の妃達は、なるべく安全に金銭的、権力面での恩恵を受けつつ皇后の座を狙う為に、メリダの味方でいる必要があった。

メリダはローレンスの初恋の女性であり、彼が精神的に絶対的な信頼を寄せる心の支えといってもいい存在だと自負している。

それを上手く利用し、ローレンスの心を癒すのではなく、不安定で人間不信な彼のままでいさせて自分だけが彼の味方だと思い込ませ、まだ未熟だった頃から彼を思うがままにしてきた。

側から見れば、彼女は彼の寵愛を一心に受ける影の皇后であり、イザベラはただ面倒な公務や外交をこなすだけの愛されない便利な皇后であった。

「わ、私……メリダ様に皇后の座をお渡ししたい、です……」

サラがそう言うのは家のためだ。メリダが皇后になる事は身分的にありえない話だが、メリダに対し執着と依存を見せ、それを恋だと疑わないローレンスに対して、目を覚まさせることは出来ないと諦めていた。

であれば下手に逆らって家ごと潰されるよりも、メリダの腰巾着となってせめて家門の名誉を守り、側妃のまま大人しく生きる方がマシだった。

キャロライドとフィージアも、「あなたに付くわ」と返事をしたが、彼女達に関してはとにかく強大なナイアードの姫であるイザベラを排除する力が必要だったからだ。

（メリダは手強いし、皇后と共倒れしてくれればいいわ）

（一時休戦ね。メリダは元より皇帝の恋人、今はまだ勝ち目がないもの）

そうして、彼女達は一時結託して皇后を失脚させるべく組んだのだが、メリダは全く彼女達を尊重するつもりなど無かった。

(王妃となり、この国を思うままに動かす。その為に危険な賭けでローレンスを操ってきたのだから。惚れてくれたのが幸いだったわ。ローレンス、あなたを馬鹿に育てるのは大変だったのよ……早く私を引っ張り上げて！　その為にはあの目障りな女とこのクズ達を消さないとね)

各々の思惑が渦巻く中、皇帝が戻って来る。

「遅くなった」

物思いに耽った表情で戻ったローレンスに、メリダが巻き付くように引っ付いた。

「陛下……っ、待っていましたのよ？」

そんなメリダに続いて皆が「陛下、お待ちしておりました」と挨拶をする。まるでメリダを慕うかのように……

先程初めて目にした噂とは真逆の光景に違和感を覚えていたローレンスだったが、このメリダを持ち上げるような皆の態度に更なる違和感を覚える。

今まで妃達や妃達の使用人たちから聞いていたイザベラの噂、横暴で傲慢な行いをして他の妃を従える悪女は、先程からメリダのことに思えて仕方ない。

「……皇后は、本当にお前達を虐げているのか？」

「えっ……？」

「私にはお前達皆が結託し、皇后を陥れたようにも見えた。メリダ、お前は私に嘘をつかないだろう？」

皇帝の威厳の隙間から垣間見える、小鳥の雛が母親を見るような視線。

彼女は密かに口元だけをニヤリと歪ませて、ローレンスの頬に手を伸ばし、優しく撫でた。

「若い妃を娶る事に賛成したのは私でしょう？　嘘をつくはずがありませんわ。今日は皆、皇后の姿を久々に見て気が立っていたのでしょう」

「……そうか」

「ええ、そうよ」

内心では納得がいかないローレンスが手に取るように分かるメリダは、ほっとして安心したように息を吐いた他の妃達をひと睨みし、ローレンスを座らせて自分はその膝に乗った。

彼の許可無く彼に触れられる者はメリダしかおらず、まるで格の違いを見せつけるように他の妃達に世話をさせ、自分はローレンスの膝で皇后にでもなったかのように皆に指示ばかりしていた。

ローレンスが完璧にメリダに惚れていると自負している彼女の行動は段々と大胆になって行き、ローレンスを信じさせ甘やかそうとしたこの日も例外なく始終横柄な態度が滲んでいる。

結果、ローレンスの違和感は消えない。

そしてメリダは、長年そうだったように、メリダ自身を無条件に信じているはずのローレンスの僅かな悩みと違和感を敏感に感じ取った。

（あの皇后……ローレンスに何したの？　ローレンス、貴女は盲目的に私を愛し、私だけを信頼し、馬鹿でいなければならないのよ、私のために）

ローレンスを抱きしめる肩越しに見せた彼女のにんまりとした笑顔に、他の妃達は恐怖を覚える。

唯一それが見えていないローレンスは、ただ一人思考に沈む。

今までイザベラとの接触を控えてきたが、唐突にイザベラとの接触が増えて会話を交わしてみて、イザベラがよく目に入るようになった。

今回の中央宮でのメリダの言動と妃達の雰囲気を感じたローレンスは、確信こそ無いが、メリダが自分に嘘をついているような気がしていた。

メリダの変わらぬ体温の中、メリダの願う気持ちとは裏腹に、感じている違和感を確かめようと決心する。

（メリダの助言もあり、老ぼれ達の希望通りの側妃達を娶ったが……政情は整ったとはいえ、前々から不自然だと思っていた。物わかりのいい女性だと感心していたが、私を心から愛しているのなら自分だけを愛して欲しいと考えるはずではないのか……まさか、何かあるのか……？）

それぞれの思考の中、きっとこの閉ざされた皇宮でしがらみなく自由に振る舞える者は彼女しかいないだろうと二人はふと思い浮かべる。

（やはり、皇后と話さなくては）

（やっぱり皇后を潰しとかないと）


日が落ち、他の妃達も自室へと戻ったようだと報告を受けて、イザベラも寝衣の簡素なドレスに着替えてミアに淹れてもらったナイアードから仕入れたお茶でゆったりとしていた。

（これ、キリアンも好きだったわね）

「偶然に上手く下がれたけれど、このまま何も起きずにいて欲しいわね」

「そうですね。私も細心の注意を払いますので、本日はゆっくりお休み下さい」

暫くすると、リーナが少し気まずそうにイザベラに客人の知らせをした。

「イザベラ様……皇帝陛下がお見えです」

イザベラは額に片手を置いて深くため息をつくと、その身を整える事もなく、無粋な夫に対応した。

「陛下……このような夜分にどうされましたか？」

「その、皇后……少し話をしたいんだが、入れてはくれないか？」

（何かしら？　初日だから一応皇后の所へ来たということかしら）

「私は陛下と閨を共にする仲ではありませんが……他の妃ではなくあえて私をお望みでしょう

か？」

イザベラは今、黒のレースとシルクを上品に使ったキャミソールの簡素なドレスに同じ素材のガウンを羽織っている。白い肌と真っ直ぐにさらりと下されたエメラルドグリーンの髪は幻想的だ。

ローレンスはそんな彼女に少し緊張した様子で言葉を詰まらせた後に絞り出すように言う。

「邪な理由は無い、皇后と少し話をすればちゃんと自室へと戻ると約束する」

それだけを言うのが精一杯で、なぜか切羽詰まったようにも見える皇帝の姿に、ただ首を縦に振ってミアに視線をやると、すぐにお茶の準備が始まった。

(仮にも夫だし、無碍にはできないわね。来た理由があるはず)

「……いいのか？」

「では、これは誰の分のお茶を用意しているのですか？　おかけになって」

呆れたように少し笑ったイザベラに安心した表情をしたローレンスは、ぽつり、ぽつりと話し始めた。

「私は、皇后への噂を疑う事なく信じていた。その噂を口にするものが一人ではなかったからだ。だが、よく考えてみれば何故かそなたはいつも一人で、王宮の者達と対峙し多勢でそなたを敵視している」

「不自然ですが、いつものことです」

「……陥れるならば、一人きりのそなたより皆がそなたを陥れる方が簡単だというのに、私はそなたが傲慢に振る舞っていると信じ目を向けた事もなかった……」

「それは、謝罪と受け取っても宜しいのですか？」

「……正直に言うとまだ誰を信じていいのか分からないのだ。そなたも、メリダも、あの老ばれ共も……」

「見たものを信じればよいのです。貴方は目を閉じているも同然。例えば……辛い過去や辛い境遇があっても、私達はそれを言い訳にできる立場にありません。今、私もそうであるように」

ローレンスは驚いた。メリダとイザベラとではローレンスに対してかける言葉が百八十度違ったからだ。

『ローレンス、貴方は辛い事ばかりだったわ。時には目を塞ぎ、耳を塞ぎ、身を守る事も大切よ？　貴方はこの国にとって大切な存在だから。私にとってもね』

『私だけを信じてローレンス、私たちはずっと二人で生きてきたわ』

メリダの言葉が頭の中に浮かぶ。

果たしてどちらが正しいのか、今ここで答えを出すには目の前の皇后を知らなすぎた。ただ、長い間視界を塞いでいた何らかの暗示から解放されたような感覚がある。

「陛下、もっと沢山の人を見て意見を聞き、広い視野で貴方なりの意見を持って人々を導いて下さい。貴方が窮屈だと感じるのならば、それは自らが何かに囚われているのです。自分を信じて」

「そなたではなく？」

「信じられる程に、私の事をご存知ないでしょう」

ふっと笑ったイザベラは、ふとローレンスを見て思う。

戦場ではとても強い人だったと、冷酷な人だと聞いていた。

だけど、目の前の彼はどうだ？

深く傷つき、愛した人をただひたすら盲目的に信じるただの青年であり、なんやかんやと他の妃達に対してもそれなりに丁寧に接していた。

思えば、使用人達にも、国民にも優しい彼は、不器用で居心地が悪そうにしながらも、結局は人に優しくしてしまう彼を見てきた。

今までの所業を許す気はないが、それらを見ていたのに傲慢で意地の悪い男だと色眼鏡で見て来た自分にも非はある。

(優しすぎるのね。戦場では立っていても敵は殺しに向かってくるから、生きる為にやるべき事が決まっているけれど、国政となると違う。皆が彼を慕う顔で優しく擦り寄って来る。好意を疑えない人なのかも)

イザベラは、短く息を吐き眉を顰めて俯いているローレンスに諦めたように言葉をかける。

「今日は寝て行かれては？　私にはあの大きなソファがありますので」

そう投げかけて先にソファで寝ころんでしまった。

「え、ちょっと待っ……皇后！」

「お休みなさいませ」

そう言ってしばらくすると静かに熟睡しているイザベラをベッドに運び、誤解を招かぬようクッションでローレンスとイザベラの間に防波堤を作ってから、彼も眠った。

意外にもローレンスは久々に深い眠りにつくことが出来、翌朝イザベラの疑うような目線に必死で弁解することになる。

実際のところ、イザベラは抱き上げられたときに起きており、日頃の恨みの意趣返しだと悪戯っぽく笑っていたのは、侍女二人だけが知る。


翌朝、皇帝の部屋が開放されると、微妙な距離感ではあるがローレンスの隣に座る皇后を見て、他の妃達は顔を真っ青にした。

「おはようございます、陛下」

皆が頭を下げると、妃の代表としてメリダが挨拶を述べる。

その表情は穏やかに見えるが内心は憤っていた。

（この女、どうやってローレンスに取り入った？）

妃達は、咄嗟に脳内でメリダから皇后側に乗り換えるべきか？　と頭を悩ませたが、何かの気まぐれかもしれないととりあえずはメリダ派の姿勢を崩さずに様子を見る者が全員であった。

「あぁ、おはようメリダ。それと我が妃達よ。だが挨拶が違う、皇帝の側妃として正しいマナーで挨拶をしろ」

メリダの瞳の奥に怒りが宿るのを全員が感じる。

「私が、何か間違えてしまった？　両陛下と言うのが正しいだろう」

「陛下ではなく、この場では両陛下と言うのが正しいだろう」

流石にメリダを盲目的に信頼していたローレンスでも、皆がイザベラを一度も見ずに自らにのみ挨拶をしたことの違和感に気づいたのだろうか、それを指摘しただけにすぎなかったが、メリダはわなわなと怒りに震えた。

けれどすぐに呼吸を整えて何も感じ取れない不気味な笑顔で中途半端な謝罪をする。

「これは失礼しました……両陛下」

「陛下、結構です。せっかくの中央宮での短い時間、妃達とごゆるりと過ごされては？」

イザベラはいつもの皇后の微笑みを崩す事なく、堂々とした態度でそう進言する。

「では、私は向こうのソファへ……」

寵妃であるメリダが入室したのをきっかけに、以前ほどローレンスを嫌悪していないもののこれでやっと解放されたと言わんばかりに、隣の席を立とうとするイザベラに、ローレンスは無表情だがどこか少し不安げにイザベラの腕を掴んだ。

「いい。いてくれ」

まるで捨てられた子犬のような雰囲気で言うので、一瞬考える素振りをしたものの仕方なく座り直した。

そんなイザベラを見て、メリダは急いでローレンスの足元に膝をついて彼の膝に頭を乗せて優しく、母親のような声色で、

「ローレンス。メリダが来ましたわ、お側におりますわよ？」

と語りかける。

その声は少し震えていた。

「なんだ？　元より皇帝と皇后が並んでいるのは自然な事だ。メリダ、床は冷える。隣の椅子へ」

「ローレンス、でも、」

「さぁ、朝食が来たようだ。皆ゆるりと過ごしてくれ」

運び込まれた沢山のフルーツやお肉、お菓子に沢山の料理。

中央宮での数日間はテーブルマナーなどを気にせず、好きな物を好きなだけ取って食べるバイキング形式であった。

「ろ、ローレンス。貴方の好きな苺よ、あーん」

「ま、まぁ仲睦まじい！　メリダ様ったら真っ先に陛下の好きなものを取りにいかれたのですよ？」

「そ、そうです！　メリダ様はほんとうに陛下がお好きなのですね！」

皆がローレンスとメリダにおべっかをしている間、静かに食事をするイザベラは、一度も彼女達もローレンスも見ることはなく黙々と食事をしていた。

そんなイザベラをチラチラと見るローレンスに苛立ちを隠せないメリダと、そんなメリダに不安を感じる妃達。

メリダは、他の誰にも気付かれないようにサラとフィージアに耳打ちすると、二人は顔を青くして何か言おうとしたが、メリダにもう一度耳打ちされると落胆したように頷いたのだった。


そして、その晩。

中庭から見える穏やかな月光が美しい静かな夜の微かな変化に気付いたイザベラは目を開けた。

「っ！」

「静かにしろ」

眠るイザベラの上に覆い被さった一人の男が、皇帝ではなく間違いなく侵入者であることはすぐに分かった。

「誰の差し金かしら？　すぐに退《ど》きなさい」

「へっ、言うまでもなく皇后陛下はご存知だろうよ！」

「リーナとミアはどうしたの？」

「あ？　誰だ？　……あぁ侍女の事か！　使用人の食事に睡眠薬を入れたんだよ」

彼女達はかなりの強者という訳ではなかったが、ナイアードの血を引く女性である為多少の護衛も兼ねる程の実力はある。

二人を越えて来たのならばかなりの手練れだと思ったが、どうやらそうではないようで、イザベラはほっとした。

(隙が多いし、どうやら雇い主は完璧に私を見くびっているようね)

覆い被さった男の膝はイザベラの脚の間に片方をねじ込まれている。

イザベラはそれを逆手に取って自由に動く脚を勢いよく引き寄せ、男の脇腹に膝蹴りを入れて、たじろいだ男の顎を掌手で思い切り突いた。

枕の下のナイフを取り出して刃を出すと、男の首元に突きつけてそのまま両手を後ろで捕らえて、ガウンの腰紐で結び転ばせた。

「貴方には喋ってもらうわ……まずは、ミア！　リーナ！」

少し大きな声で呼ぶと、反射的に目を覚ました二人がまだ朦朧とした様子で扉を開けた。

「!?」

「この者を捕らえて急いで外の衛兵に伝えて。きっとこの厳重な後宮に招き入れた黒幕がいるはずよ」

「はい、イザベラ様……申し訳ありません」

「私とした事が、本当に申し訳ありません」

「いいのよ、無事で良かったわ」

二人は急いで衛兵に連絡し、襲撃の話はそのまま皇帝へと伝わる。

「皇后っ!!」

扉を荒々しく、開けて慌しく入って来たのはローレンス本人であった。

彼からすればイザベラは、いくらナイアードの者達が身軽で武術に長けているとはいえ姫であり、華奢な女性だ。ふしだらで傲慢な悪女という噂が嘘ではないかと、ようやく向き合い始めた相手でもある。

きっと寝ている所を襲われ、恐怖と不安に震えているに違いないと慌てて駆けつけたのだが、ローレンスの予想に反してイザベラは、飄々とした様子でミアとリーナによって捕らえられている男を椅子に座って見下ろしていた。

「あら、陛下。夜分にお騒がせして申し訳ありません。」

「……よい。無事であれば。警備の不足は私の落ち度でもある」

「どうやら、私の部屋のみを狙い何者かによって手引きされて入室したようです。腕の立つ侍女を予め眠らせておりました」

「そうか……この中央宮で自由に動ける者となると限られている。夜が開ければ全員を集めて必ず見つけ出すと約束する」

イザベラは内心、ローレンスの妙に協力的な対応に驚いていた。

(皇帝の尋問ほど手っ取り早いものはないけれど……何故?)

「え、えぇ……ありがとう。助かります」

一方ローレンスは心の中に生まれ始めた違和感、否、思えば前々からあったがイザベラを誤解し見ぬふりをしていた違和感が確信となっていた。

(やはり、他の妃や王宮の者達から理不尽な扱いを受け、危険に晒されているのは皇后だ。これでは私はなんて情けない皇帝なんだ……)

愛し合って結婚した訳ではないとは言え、他に想う人がいるからと皇后になったイザベラを悪だと決めつけ、もしかしたら全く非のない彼女を貶《おとし》めていたのかもしれないとローレンスは気づき、自分の愚かさに落胆した。

「今日はここで寝る」

「陛下、敵が一人とは限りません。危険ですのでお戻り下さい」

「それなら其方もだろう」

「私には二人がおります」

「だが、侵入した。……このような時に手を出したりしない」

イザベラが眉を顰めて「そんな事は心配しておりません」と言うと同時にローレンスが勝手にソファに寝転がり始めたので「せめてベッドで！」と思わず発してから、しまった、という顔をした。

「ふっ、流石に寝床まで奪えん。私はこれでも戦場が長くてな、本当は豪華なベッドなど落ち着かないのだ。ここでいい」

「だめです。それでも陛下をそこで寝させる訳にはいきません」

(知られれば不敬だと騒がれるわ)

珍しく一歩も引かないイザベラに、軽く驚きながらも困ったように頬を掻いた。

「夫婦とはいえ、それらしい関係でもないのに女性の寝床に潜り込む訳にはいかん」

ローレンスが言うと驚いた事にイザベラは頬を染めるでもなく、さも当たり前かのようにベッドへ入り、隣をぽんぽんと叩いた。

「何も起きないのでしょう。風邪を引かれては困ります、早くベッドへ入って」

あまりにも意識をされていない事に何となく気恥ずかしくなって、ほんのり頬を染めて咳払いしてローレンスもベッドに入る、背を向けたまますぐに寝息を立てて眠るイザベラに拍子抜けしながら自身も眠った。

「め、メリダ様！」

「何？　サラ、成功したの？　殺せなくったって、ちょっと汚してやればいいのよ、簡単だったでしょう？」

「いえ、それが……」

サラから事情を聞いたメリダは顔を青くして、彼女の頬を打った。

「何ですって？　そんなに簡単な事もできず、身を案じたローレンスが皇后の部屋で眠ったですって⁉　その噂は誰が知っているの⁉」

「ぜ、全員です。申し訳ありません……っ」

「もういいわ‼　とにかくバレないようにぜいぜい証拠を隠しなさいな‼」

サラは、自分の使用人を使って外から人を手引きし、メリダの権限によって眠り薬を入れたり、皇后の使用人の部屋に暴漢を招き入れたりした、いわば実行犯である。今日これから起こることに恐怖し泣き崩れていた。

「おはよう、よく眠れたか。妃達が全員揃ったところで協力して貰いたい事がいくつかある。どうやら皇后以外の皆は無事なようで安心した」

泣き腫らした顔のサラと、いつもと何も変わった様子の無いメリダ、視線を合わせないフィージアと他の妃たちもどうやら何か知っていそうな雰囲気であった。

皇帝が皆の様子に確信し「すぐ終わる」とイザベラに少し視線をやると、メリダはそれを下唇をぎゅっと噛んで忌々しげに見た。

「陛下……、朝食も食べずに一体どのようなご用件で？」

少し苛立ったようなメリダがローレンスの腕をそっとなぞりながら言うと、ローレンスは悲しそうにメリダに視線を落とした。

「各妃の使用人全員と、例の者を連れて来い」

連れてこられた男は怯えたように、一人の使用人を指さして、洗いざらい話した。

「こ、この人だよ！　俺に依頼したのは！　なんかど偉い権力のある女が凄い褒美をくれるって！」

その男が指したのはサラの使用人であったが、『ど偉い権力のある女』は明らかに彼女ではないと、確信できる程、この中でサラは力の無い妃であった。

「第四妃、どう言う事だ？」

「そ、その……っ、わ、も、申し訳ありませんっ！　でも！　……私も頼まれて仕方なく！メリダ様に……っ」

「サラ!!」

メリダの叫び声のあまりの大きさにイザベラを除く妃達は大きく肩を揺らしたが、ローレンスは目を見開きサラを凝視した。

「何？　……メリダに？　メリダ、反論はあるか？」

「な、何を言うのかしらサラ妃は！　何も知りませんわ。証拠がおありで？」

「そ、そんな！　あなたにつけば私と私の家の安泰を約束してくれると……！それでも、このままじゃ、私も家も……！　どうか助けて下さいっ!!」

「……陛下」

イザベラはあまりにも怯えるサラをチラリと見た後、きちんと調査するまではこの場での決定を避けるように言おうと口を開いたが、ローレンスによって制され、押し黙った。

「それは自白と捉えてもよいのだな？　保身の為に他者を、ましてや皇后である彼女を陥れるなど到底無視できない。これからは妃を名乗る事は許さん。話は聞こう、一旦は宮への幽閉とする」

「陛下、お願いします！　聞いて下さいっ！」

「……連れて行け」

泣き崩れたサラは連行されたが、イザベラはすぐに気付いた。ローレンスの瞳はほんのり動揺で揺れていた事を。

「メリダ、あの者はそなたの指示だと……」

「そんな訳がありませんわ！　心外よ！」

確かにメリダが指示したという証拠はない。彼女の罪を洗い出すことは出来ないだろう。この場のほぼ全員がそう思っていたところで、声をあげる者がいた。

「いえ、間違いありません。確かにメリダ妃がサラ妃に指示したのを私が見聞き致しました。彼女は他の妃達も脅迫し、皇后を廃妃にする事を画策しております」

「テリーヌ妃?」

イザベラは意外だと言うように思わず彼女を見るが、彼女は決心したように証言を続けた。

「祖国の敗戦の際、私が嫁いだ理由にもメリダ妃が関与しております。我が祖国は敗戦国で国の存続の為、国益からある一定分を帝国に献上し、いわゆる人質の役割を私がしております」

「⁉」

「不敬を承知で申し上げます。殆どの妃が私欲で無理矢理に嫁いだ者や国庫の補充の為に連れて来られた人質であります。そして、その後ろにはメリダ妃がおります。証拠は大臣達を調べればすぐに出るはずです」

イザベラは驚いた。

確実な証拠を彼女が持っている訳ではなく、まるでただ時期を図っていたかのように捨て身の攻撃に出たからだ。

これにはメリダも顔を青くしてドレスに皺を作る程、握りしめた。

「……妃達は皆当面の間、宮から出ないように。中央宮を開門し、各使用人達は外で待つ騎士の護衛のもと妃達の宮へ送り届けよ」

イザベラを含め、妃達は宮へと戻ることになり、メリダは最後までローレンスに縋ったが、ローレンスは堪えるような、苦しそうな顔を左右に振っただけで名残惜しそうに指先を少し握ったが彼女の手をほどいた。

「メリダ、後で聞く。とにかく宮へ帰るんだ」

「ローレンス、必ず来て……！」

「……メリダを宮へ」

けれど、ローレンスが最初に訪ねたのは、皇后宮であった。

「陛下、お気遣い感謝致します。お気持ちはお察し致しております」

「あぁ」

「お疲れのようですのでお戻り下さい。許可を頂ければ後は自分で処理致します。……恋人を処罰するのは難しいでしょう」

「……っ、メリダを……すまない。皇后を辛い立場に立たせてしまっていたようだ」

「陛下。調査の結果次第では城の重役達の人選が大きく変化する事になります。そして貴方は、メリダ妃を処罰する覚悟をお持ちですか……？」

「……っ、皇后の命を脅かしたとなれば重罪……分かっている、しかしっ……せめて彼女の身分と名を捨て、隠れて死んだように生きる事はできないだろうか？　彼女はずっと私が立つための支えであった、それを今になって……っ」

皇后は彼の動揺した姿に心を痛めたが、同時に落胆もした。

少しは正気になり、イザベラへの気遣いを感じ始めていた事で、この国を立て直す際にせめて夫婦としての信頼を築けるのではと思っていた。

いいや、それ以上に、彼の根は善人であると、夫婦としてそれなりの関係を築けると期待してしまっていた。

(私ったら、いつからそんな甘い事を……)

長年寄り添ったメリダの裏切りを知っても尚、命だけはと許しを乞う夫の優先順位が、決して国ではなくメリダなのだと思い知ったのだ。

「でしたら、簡単です。私を消して下さればいいのです」

「な、どういうことだ⁉」

「命ではありません。襲撃に合い心を病んだと理由をつけ、遠い田舎で療養すると言い、内密にナイアードへ送って下さい。そうして寵妃が子を孕めば、白い結婚か心の病を理由に離縁するのです」

「そんな事できるはずがない‼　却下だ！」

「では、メリダ妃を廃妃にし処罰してもよろしいのですね？」

美しくも気高く、そして何者にも折られないナイアードの女の強い芯を感じたローレンスは眩しそうに彼女を見た。美しく輝く彼女と合ったままの目を逸らせず、ただ、生唾を嚥下した音が鳴る。

イザベラが正しい。

ただ、メリダを切り捨てるには彼女を支えに生きて来た時間が長すぎる。

（教えてくれ、どうすればいいのか……）


その後、皇后への襲撃事件の犯人は見つかったものの、発端となった皇后の冷遇、具体的には消えてしまった皇后の品格維持費の行方は、見極め、炙り出すのも簡単な事ではなく調査が難航した。

長らく悪事を隠しながらメリダの陰で動いていた家臣達はうまく落ち目のメリダに全てを擦りつけようと画策しているのだろうと察し、ローレンスは長く陰に潜って支えてくれていた最古参の忠臣と話し合う。

「陛下、どうするおつもりで？　まさか狸ジジイ達を信用してる訳じゃないですよね？」

「あぁ、奴らがおべっかで俺を上手く扱おうとしているのは分かっている。まさかメリダの後ろに隠れていたとはな」

「メリダ妃をまだ愛しているとお思いで？」

戦友であり、親友、そして今はローレンスの影でもあるユゼフの鋭い質問に一瞬、胸の音が大きく鳴った。

「いや……俺の愚かな虚像と依存だと、今は自覚している。それを私は愛だと信じて疑わず……ただ、確かに長年私の支えでもあったんだ、確かに側に居てくれたのだ」

「俺は好きですけどね、皇后陛下。ナイアードの女は情が深いといいますしね。俺これでも公爵ですし、要らないのなら譲って下さいよ」

「何をっ！」

「冗談ですよ。それに……皇后陛下、勘違いしてますよ。きっと陛下がメリダ妃を選んだのだと」

「分かっている！　だが、今更どう接すればいいのかわからんのだ。どちらに対しても……」

「……。剣だけを見ていた頃の陛下は、ありのままの貴方はとても素敵でした。……俺らはそんな貴方に惚れてついてきたんだ。しっかりしろローレンス、ここが正念場、巻き返せる最後のチャンスだぞ」

「……ユゼフ」

「さ、どうせ本人にバレてるんだけど、今日も皇后陛下の護衛に行って参りますよっと」

「ユゼフ、ありがとう。だが、やらんぞ」

「えっ？」

「な、なんでもない！　早く行け!!」

「あ、忘れる所だった。ナイアード王がこっちに凄い速度で向かってるようだ。人員の規模から して襲撃ではないでしょうが……お怒りではあるでしょうねぇ……じゃ！」

「お前、何故それを早く……‼」

もう見えなくなったユゼフを追うように窓を覗き込むが、額に手を当てて窓を少し乱暴に閉めると、椅子に深くもたれかかってため息をついた。

(帰してくれと、言っていたな……)

イザベラの言葉が頭の中をぐるぐると回り、心が苦しくなった。当時はいい感情ではなかったが、思えば偏見無しに初めてぶつかってくれた女性だと感じたし、初めて対等に話せる者でもあった。

(申し訳ない事をした。それに、早く何か伝えなくては彼女は……)

「私から、永遠に離れてしまう」

ローレンスは立ち上がって、マントを着ると使用人を呼んだ。

「急いで身支度を！　皇后宮へ行く！　ナイアードが訪問すれば最高のもてなしで迎えてくれ！」

忙しなく歩きながらそう言ったローレンスに、すこし驚いたようにしながらも的確に他の者へと指示を出す年配の執事は、この皇宮でも少数派であるイザベラを支持する者のひとりであった。

「陛下、いつでもご用意できております。老害の処理リストも勿論御座いますが」

「悟られては逃げられるだろう、迅速かつ内密に」

「御意」

急いで身支度をし、半ば駆けるように皇后宮へとやってきたローレンスは、落ち着いた様子で迎えたイザベラを見るなり、人目を気にする様子もなく頭を下げた。

「すまなかった！」

「陛下、頭をお上げ下さい……っ、皆の目があります。皇帝たるもの……」

「いい、分かっている。だが、そなたもそうであっただろう。私はそなたの立場も、そなたがどんな人間かも、考えなかった」

「私の事は過ぎた事ですので……、とにかく頭をお上げになって下さい」

「……。分かった」

「まずはお入り下さい。テラスへと思いましたが、部屋をご用意致します」

黙って頷き、素直にイザベラの後をついてくるローレンスにイザベラは内心「素直だと子供のようね」と思う。

そうしてチラリと後ろを見ると、妙に真剣な顔つきで付いてくる彼がいて、少し可笑しく思った。

席に着いてしばらくはお茶を啜っていたが、一向に話を切り出さないローレンスに「どうされたのですか？」とまるで子供に尋ねるかのようにイザベラが聞いた。

「ナイアードに帰らないでくれ。私に、挽回する機会をくれないか？」

ぽつりと出た言葉にイザベラは思わず持ち上げたティーカップを飲まずに置いた。

「……急にどうされたのですか？　勝手に帰ったりはしません。この間の事はあくまで、陛下のお気持ちを尊重するならばの提案です」

「信じて貰えないかもしれないが、私の気持ちは……」

「？」

「その、……そなたに惹かれている。確かに、メリダへの想いは間違いなくあったが、そなたに惹かれて、初めて本当に心が切なくなるような、温かくなるような気持ちを知った」

イザベラは咄嗟に言葉が出なかった。

困ったような表情で、ティーカップの中を見つめる事だけしか出来ずにいた。

「私は……分かりません。ですが私達は既に夫婦です。陛下が望まれればその機会はいくらでもあるでしょう。ただ、陛下はメリダ妃を……」

「覚悟はしている。そなたに誓って公平な調査に基づいた罰を受けてもらう。そなたのおかげで目が覚めた。私は……皇帝だ、決して彼女の傀儡ではない」

「そう、ですか。ではまずは――」

「しょ、食事を共に取ろう！」

(協力して、王宮内を整えようと言いたかったのだけれど……)

小さくため息をついたイザベラに、また慌てて「ダメだろうか？」と聞くローレンス。どうにも同年代の皇帝ではなく少年王に見えてしまって、思わず頷いた。

「いえ、良いでしょう」

食事を共にする代わりにいくつか提案させてもらえればいい。それで情報が取れるなら安いものだ。

そうしてお茶の後、執務室にて、ローレンスの公務と皇宮内の事情を明確化する為に進めていた仕事を再確認することになった。とはいっても、実際のところはイザベラによるダメ出しと再教育だ。

「お手伝いします。私ももっと内情を知っておきたいので」

そう堂々と探る目的を隠さずに手伝いを申し出て、「そなたに見られても困る事はない、好きにしろ」と拗ねたように言ったローレンスに笑ったのが最後、イザベラの笑顔は影を潜めた。

「何か不備が？」とローレンスが聞いてきたので次々と質問攻めにし、「これでは揚げ足をとられます」と叱り飛ばす。

「これは、どうしてこのような処理を？　第三者につけこむ機会を与えます」

「この情報は信用に値しません、再調査を」

次々にダメ出しとやり直しを繰り返し続ける。

これが歴代の帝国のやり方とは思えない。

「こ、皇后……もうすぐ夕食だ。すまないが、至らぬ部分を補いたいのでまた明日も教えてくれないだろうか？」

「ええ。陛下、不敬を承知で伺いますが、即位された際に引き継ぎはきちんとされたのですか？」

「あぁ、そのはずなんだが、皇后と話しているとどうにも引き継がれた内容が少なすぎる気がしてきている……」

「どうやら、初めから何かがおかしいようですね。まぁ後々分かるとして……」

そのような話をしながら、宮に戻ると、ローレンスが夕食に誘う前に衛兵が慌てた様子で駆け寄ってきた。

「両陛下！　至急、お伝えする事がございます！」

後を追うように走ってきたのだろう、息を切らした執事と共に早口で報告した。

「ナイアードからの馬車が三台、騎士がたったの五名という少数でただいま到着致しました。先触れの使者だろうと応対したところ、なんとナイアードの王と王太子がいらっしゃいました！」

「お父様とお兄様が!?　すぐに参ります。もてなしの準備は私が。陛下は急ぎ身を整えてきて下さい」

「皇后、感謝する。ニルソン、皆に準備の指示は皇后に従うようにと」

「御意」

イザベラがすぐに応接間に向かうと、応接間では父と兄が堂々と優雅に座っていた。しかし何処か怒りと威圧感を感じる不穏な雰囲気だ。

「お父様！　お兄様！　お久しぶりです、道中お疲れではありませんか？」

「イザベラ……」

「あぁ、俺の可愛いベラ！」

イザベラの兄ヴィンセントは、イザベラと同じ色白で、鮮やかなエメラルドグリーンの髪と瞳、イザベラと並ぶと兄妹だと一目でわかる程によく似ている見目麗しい青年だ。イザベラとは七歳差だが、見た目だけならもっと年が近く見えるだろう。

そして、父のファラエルは、無造作だが上品なウェーブがかかった深緑の髪と、色っぽい髭が特徴的なミステリアスな雰囲気の男性だ。とうに中年と呼べる年代に差し掛かっているが、若く見える。

イザベラが実年齢より上に見えやすいのに反して、実の家族は下に見られやすい者が多いのが面白いところだ。

父は派手にも見えるナイアードの織物であつらえた赤いマントを脱ぎ捨て、イザベラの元へと歩いて来ると、強く抱きしめた。

「イザベラ、無事だったか……」

「お父様……ええ、お父様の娘ですから」

嬉しそうに微笑みながら言ったイザベラを、今度は後ろからグイッと引っ張って腕の中に閉じ込めたのは兄であった。

「ベラ……っ、本当に無事で良かった!! あの馬鹿はどこだ？」

「お、お兄様……」

「こら、ヴィンス。口を慎め」

「父上、では辛抱しろと？」

「まぁまぁ二人共、とても会いたかったわ！ けれど、急にどうしたの？ まずは夕食を食べながら聞かせて欲しいわ」

「「……」」

不服そうに顔を見合わせた二人は、仕方なくというようにコクリと頷いて部屋へと案内され、三十分後に食堂で会う事になった。

其々の支度が済んで食堂に集まると、少し緊張したような面持ちのローレンスと鋭い雰囲気の父兄が顔を合わせる。言うまでもなく、同盟国の君主同士が顔を合わせたというには異様な雰囲気であった。

「遅くなって申し訳ない、ようこそライネル城へ。滞在中ご不便があればすぐに申し入れ下さい。それと……此度の事件は誠に申し訳なかった、不甲斐ないばかりだ」

事前に調べていたローレンスの態度とは違ったのだろう、しおらしい彼を怪訝な顔で見つめる二人の無礼をそれとなくイザベラが諌《いさ》めるような視線を送ると、ヴィンセントはその敵意を隠す事なくローレンスに食ってかかった。

「その謝罪は本心でしょうか、形式的なものでしょうか？」

「勿論、本心だ」

「まぁヴィンセント、そう責めて差し上げるな。ところで、ふと小耳に挟んだのですが……」

にこりと笑うファラエルの本心は読めず、ただ、全く瞳は笑っていない事だけが確かだ。

自分で解決すると言わんばかりに少し睨んだイザベラを飄々とした様子で無視して、頷いたローレンスへと話を続ける。

「娘が冷遇されていると聞きましてね、皇后とはいえナイアードの第一王女です。これは国際問題とも取れますが」

「そ、それは……」

「まぁ幸い娘が貴方に惚れている様子ではないので安心しました。余計な感情があると娘が辛くなるのでね」

にこりと笑った父親に、呆れてため息をついたイザベラだが、放任主義な父がこのような行動に出る程自分を心配してくれているのだろうと少し嬉しくもなった。

（こっちに来て数年経ったけれど、私はここを自分の国とは思えずにいる。ナイアードの事は今もこんなにも温かく身近に感じるのね……）

父と兄を見つめるイザベラの瞳に今まで見たことのない喜びと安堵が浮かんでいるのを見て、ローレンスは焦操感に駆られた。

「お怒りはごもっとも、謹んでお受けいたします。誤解があり皇后を辛い立場に置き続けてしまいました。言い訳はありません。ですが……これから皇后に一生をかけて償い、幸せにしてみせます」

席を立ち、頭を下げてそう言うローレンスに、イザベラ本人が一番驚いた顔をする。

「陛下？」

ファラエルとヴィンセントは特に表情を変える事はなかった。

「側妃が七人もいるのに？　公の場にすら出ない第八妃はまだ十歳だと伺いましたが？」

ヴィンセントがふっと冷めた微笑みを向けるとローレンスは不甲斐なさで顔を歪めたが、誠意を籠めて宣言した。

「皇后を……イザベラ妃だけを大切にすると誓う」

「ははっ、どうやって？」

ヴィンセントが解せないといわんばかりに言う。

ローレンスが今差し出せるのは誠意だけ、そこに偽りはないが、それだけで政は動かせないのだ。

容赦のない息子の返しにファラエルが少し笑ってから、ローレンスに謝罪する。

「陛下、無礼を申し訳ありません。愚息は妹がとても心配なようで。娘と息子はとても仲が良いのです」

「いえ、仕方がありません」

「ですが……」

「はい」

「娘……皇后陛下も皇帝陛下をお選びになるでしょうか？」

「お父様」

「っ、それは、分かりません。ですが……まだ国の内情となる為詳しくは言えませんが、私は、ゆくゆくは皇后のみを妃とし、彼女だけを……その」

（愛すると言う資格があるのか？　言ってもいいのだろうか？）

急に言いにくそうに口ごもり、イザベラをチラチラと見ながら迷う仕草をするローレンスに、ヴィンセントはため息を吐きながら「そういえば父上……」と耳打ちする。ファラエルはひとつ頷いて、思い出したように話し始めた。

「実はナイアードから我々と同行したものがおります。その者もナイアードの貴族でして……滞在をご許可して頂ければと」

「あぁ、全く構いません。夕食は？　気が回らず申し訳なかった。よければすぐにお呼びしては？」

「ご厚意に感謝致します。ではすぐに……マイク、頼んだ」

マイクと呼ばれる護衛の騎士にそう告げると、間も無くして、ナイアードの民の特徴である緑みを帯びた黒髪と同色の瞳を持った好青年が入って来た。

「お初にお目にかかります。ナイアード国より参りました、キリアン・ドウシュで御座います」

「ローレンス・ライネルです。お話は伺っております、どうかゆるりと過ごして下さい。遅くなりましたが、どうぞ夕食も召し上がって欲しい」

「ありがとうございます、陛下」

「こう見えて彼は我が国の数少ない公爵でして、娘とは幼馴染なので、娘の置いていった事業の一つと領地を任せているのです」

「まぁ！　キリアン、貴方だったのね。妹と一緒にあの事業を引き継いでくれたのは！　てっきりお兄様かと……でも嬉しいわ。安心できるわね」

イザベラが弾んだ声をあげ、ローレンスはイザベラの聞いたことのない嬉々とした声色に驚いた。

キリアンの瞳もまた優しく緩む。

「勿論です、陛下が残して行ったものをお守りすることが、唯一私の出来ることですから」

「……キリアン、楽に話していいわ。ね？　陛下」

「あ……あぁ、幼馴染であろう。楽に話していい、私は気にしない」

家族やキリアンと話すイザベラの幸せそうな表情に、チクリと何かで胸を刺されたような気持ちになったローレンスだが、自業自得だ。先程から全く喉を通らない食事をちびちびと食べる。

キリアンが来てからは、ローレンスの隣に座るイザベラとは一度も目が合う事はない。自分達の心の遠さを実感する。

(皇后は、あんな笑顔もするのか)

「もうお兄様ったら、やめてよ！　そんなに私を褒める話ばかり、恥ずかしいわ」

「あぁすまないね、でもそう思わないか？　キリアン」

「そうだね、ベラはとっても優秀だと思うよ」

(ベラだって……？)

仲睦まじい三人の会話に羨ましく思いながら相槌を打つローレンスは、キリアンがついイザベラを愛称で呼んだところで胸のもやもやがさらに大きくなるのを感じた。

「こほん……キリアン公爵と皇后は本当に仲が良いのだな」

「ええ、幼馴染ですので」

「幼い頃の娘はキリアンと結婚すると聞かなくてね、ははっ」

「お父様！　子供の頃の話です」

「そうですよ、ファラエル様。僕は嬉しかったんですが。今はもう『素敵な』旦那様がいらっしゃいますので」

どこか挑戦的な顔でそう言ったキリアンを心配そうに見るイザベラを見て、ローレンスはやはり胸がざわついた。

「そ、そうか……それは、可愛らしい思い出ですね」

そうぎこちなく笑って少し目を伏せたローレンスに、密かにファラエルは口元を綻ばせた。

「ですが、皇帝陛下はまだナイアードの女性の情の深さを知らないと見えます。……私の妻もそうでしてね」

そう言ったファラエルの言葉が頭から離れず、食事が終わるまでローレンスはしばらく考え込んだような表情をしていた。


「それでは、ごゆるりとお過ごし下さい」

「ベラ、本当に元気で安心したよ」

「私もよ、キリアン。お父様とお兄様を宜しくね？　では、また明日ライネル国をご案内します」

ローレンスの挨拶でお開きになった後、扉の前で軽い抱擁をしてから解散を惜しむように明日の約束をするイザベラ達。

それをどこか落ち着かない気持ちで見つめていたローレンスは、一足先に自室へ戻ろうとした。

「陛下、お待ち下さい！　一緒に……」

しかし、パタパタと駆け寄ったイザベラによってその腕を取られる。

イザベラは一度振り返り、寂しそうな兄に微笑むとすぐにローレンスを見上げて「ごめんなさいね、兄はとても心配性なんです」と眉尻を下げた。

いつになく近く、ローレンスに優しげなイザベラにドキリと胸を弾ませながらも不思議に思い、嬉しい反面素直に喜ぶことが出来ずに尋ねる。

「なぜだ。先程まではいつも通り素っ気なかったのに」

「夫婦ですし、共に下がるのは自然でしょう。強いて言うなら、陛下の背中が少しだけ寂しそうでしたので。それに……『皇后だけを』の後は何とおっしゃるおつもりだったのか、少し気になって」

表情はいつもと変わらないはずなのに、なぜか柔らかく感じる彼女は、まっすぐにローレンスを見てそう尋ね返してきた。

「な、なんでもない」

「……そうですか」

「……他の妃は順を追って帰す。そなただけを妃とする」

「それは……ナイアードのみで事足りるという意味ででしょうか？」

「ちが……っ」

「それとも、今更私を愛していると？」

ローレンスはハッとした。

彼女に恋をしたその気持ちは、自分の事だから感じることが出来るが、それはイザベラに自然に伝わるものではないのだと。

「……そうだ。信じられぬだろうが、信じてもらえるように努力する」

「私は、貴方に求めるものがありませんので、打算的に優しくしたり、貴方を甘やかしたりは致しません。その分嘘はつきませんが」

「そう……だな。今までは誰かに愛されたいと、私だけが埋められる深い愛情を求めていた。寄りかかれる場所を探していたのかもしれない。だが……」

「……」

「今は違う。そなたの……貴女の笑った顔が見たい。ただ、それだけなんだ」

子供のようにそう言ったローレンスに、目を軽く見開いたイザベラは少しだけ口元に笑みを浮かべた後、短く息を吐いた。

「既に夫婦ですものね。まずはすべき事をします。私の進退がどうであれ、お父様の……ナイアードの信頼を得れれば陛下にとって強い後ろ盾となります」

「そんなつもりじゃ……」

「ナイアードはまだ実力ほど名の知れていない小国ですが、その力も富も、ライネルを含めた名ばかりの大国よりも遥かに強いと言えるでしょう」

辛辣ではあったが、事実、ナイアードはまだ遠国には名も知られぬ島国であり、数年に一度の王族の会議にも招待されぬ小国であった為、飛躍すればするほどその富と戦力を狙い近隣国に狙われ、戦の絶えぬ国であった。

いくら無敗とはいえナイアードの者達は皆家族。家族の命を脅かされることを解決する為にイザベラ自ら縁談を受け入れたのだ。

だが、絵姿を見たときには心を弾ませていた。

こんなに美しい人ならばきっと優しい人だろうと。

父と母のような仲睦まじい夫婦となれる事を夢見ていた。

側妃について知ったのは、返事を送ってからであった。

それからは後宮で命と立場を脅かされる日々、辛くないといえば嘘であったが、たかだか温室育ちの姫同士の小さな諍いや、見え見えの策略、ただ消耗するだけの空っぽの日々であった。

「国の為ではない。貴女を幸せにしたい。どうすれば、貴女は幸せになれる？」

愛して欲しいのではない、愛しているから償いたいのだと、ローレンスが心から言っていることは伝わる。

仮に罪悪感を愛情だと誤解しているのだとしても、償いたい気持ちは本心だと。

だが、その言葉を、後宮に来たときに言ってほしかった。

すまない、私はメリダを愛している、貴女を愛する以外の方法で貴女を幸せにしたい、どうすればいい、と。

そう言ってくれれば、情愛ではなく敬愛で繫がる夫婦の道を探すことが出来た。

今となっては、彼が嘘をついていないと分かっていても、信じられない。

イザベラは、自分の表情が曇ったのが鏡を見ずとも分かった。

「私は、貴方を知りません。夫と言うには遠すぎて……それに恋人は他にいらっしゃるでしょう」

「……必ず別れる。少しだけ時間が欲しい」

「何を今更、もう何年もお奪いになったでしょう」

顔を上げたイザベラは少し泣きそうな怒ったような顔で言ったが、すぐに小さく謝罪する。

「言葉が過ぎましたね……お先に失礼します」

「皇后っ！」

走り去るイザベラ。

彼女をこんなにまで傷つけていたのかと、今になって実感したローレンスは、彼女に対してどんなに自分が無力かを実感した。

だが、彼は元々、良くも悪くも素直でまっすぐな性格である。

「……まずは、恥じぬ王にならなければ」

王になどなりたくはなかったと、自分を愛してくれる誰かに従ってただ自分に出来ることを粛々とこなすだけでいたかったたと、心の何処かで思っていたことにも気づいた。

卒なくこなしているつもりだったが、見落としてばかりであった。

彼を受け入れないイザベラの存在が、彼を賢王として一度返り咲かせるきっかけとなる。


イザベラは内心、ローレンスの突拍子もない態度に腹立たしくも感じる一方で、過去の自分にも苛立っていた。

ローレンスの愛を勝ち取る為に後宮に入ったメリダも、祖国に利益のある縁談を選んだ自分も、嫁ぎ先や結婚相手ではなく自分の事しか考えていなかった点では同じだと気づいてしまったからだ。

彼に側妃が既に二人いた事は返事をしてから知ったとはいえ、それを知った父や母は改めて断る選択肢をくれたのに……断らないにしても、側妃やその実家にいいように扱われている可能性くらい、少し考えれば思い当たったたし、ナイアードにいる時点で気づけばいくらでも対策を取れたのに……

大陸中で有名なライネルに嫁ぐことで、少しでもナイアードの名が知れ渡り失われる命が減れば良いと、それればかりを考えていた。近道を選んだだけの未熟な自分にも腹立たしかった。

「ミア、少し一人になりたいの。散歩に出るわ」

「陛下……、分かりました。では離れて同行します。私は耳が良いので名を呼べばすぐに伺います」

「ありがとう。ミア、いつも頼りにしているわ」

皇宮と後宮の間にある庭園は美しく手入れされており、華やかだがどこか寂しさを感じるような静かな空気が漂う。

考え事をする時はその静けさが心地よいと、イザベラはいつも此処に散歩に来ていた。

「大義名分か、欲か……それだけの違い。望まれたとはいえ、私に、メリダはともかく他の妃達まで追い出す資格があるの？」

「ベラ？」

一人月を見上げてぽつりと呟いていたイザベラの声に反応したように、誰かが歩いてきて彼女に声をかけた。

「……キリアン？　なぜここに」

「ただ、ベラに逢えるかと……ほんとに逢えるなんて」

「なによ、いつになくキザね」

「……俺が？　確かに今日は公用のキリアンだったんだけど。今のは本音だよ」

そう言って態度を崩したキリアンは、月明かりに照らされた深い緑みの黒髪をさらりと揺らし、首を傾げて眉尻を下げた。

その表情にイザベラは胸を締め付けられるような感覚がした。

恋をした事は無かった。しかしかつては、自分も、キリアンも、ナイアードの者達は皆、イザベラの伴侶はキリアンだと思っていた。

釣り合う家格と、年頃、それに加えて誰よりイザベラと親しい幼馴染であった彼が、自然と皆の期待通りイザベラを娶るものだと思っていたのだ。

「……キリアン、冗談はやめて。ここは目や耳が多いの」

イザベラは視線を逸らしてそう言ったが、キリアンは寂しそうに少し笑うだけだった。

「人の気配は感じないな、俺たちふたりだけだけど？　……あー、ミアがいるね」

そう言って、イザベラへと一歩進めた。

その姿は、好青年な見た目とは少しギャップのある男らしい強引な雰囲気で、イザベラは「あなたもナイアードの男ね」と呟いた。

「ベラ、どこにいたって何になったって、お前はイザベラ・ディオネだろ」

「……そうかしら。何だか今日は凄く自分が惨めに思えるわ」

「お前がお前でいられないのなら、帰ってこい。ナイアードはいつでもお前の帰りを喜ぶだろう。長い戦争を終わらせた英雄でもあるしな」

「結局、私は何を成し遂げたのかな……キリアン、ナイアードは平和？」

「あぁ、平和さ。お前の成し遂げたことの一つだよ。俺こそ、不甲斐ない」

「なぜ不甲斐ないの、お兄様も手紙で同じ事を言っていたわ……」

「ナイアードの男は、最後の一人になっても戦う。そうやって家族を守ってきたし、ただの島々の民族からこうしてひとつの国にまでのし上がってきた。それしか知らなかった。だが、国とはそうはいかない。国同士の争いで、こうしてお前の心を犠牲に平和を手に入れた」

「違うわ！　私が焦っただけよ。それにきっと彼は悪い人ではないわ」

「なら、なんで久々に逢えたお前の瞳はそんなに曇っているんだ？　戻ってきた後の嫁ぎ先も気にしなくていい。俺がいる。辛いなら、戻ってきてくれ」

「キリアン、私は皇后なの……そう簡単な話じゃないわ。ここにも民がいる」

「方法はいくらでもあるだろう、せめて泣いてくれ。そんなに人形のような顔をしないで、……俺ならそんな顔はさせない」

「キリアン！　お願いやめて、一度泣くと止まらなくなるの」

「いい。嫁いだってナイアードはお前の居場所だ。俺もお前のものだ」

「甘やかさないで……やるべき事は沢山あるの」

そうは言えど、声は震える。静かに涙が流れていく。イザベラの頬を伝う雫を親指で拭ったキリアンは、そのままそっと頬を撫でた。

「じゃあ、今度はベラが焦らないように俺も協力するよ」

「ふふ……、うん、助けが必要なその時はお願いするわ」

「ベラは責任感が強いからなぁ。ナイアード中の皆が心配してるよ」

何故かキリアンも泣きそうな笑顔だった。

イザベラの胸は強く締め付けられ、このままキリアン達と家族の元に帰れたらと考えてしまうほど、弱っていたことをようやく自覚する。

「ありがとう。ここをまだ自分の国とは思えないのだけど……宮の者達とは違って国民はとても優しくていい人達が多いの、もう少し踏ん張るわ」

けれど、だからこそ、頑張ろうと自分を奮い立たせた。

あの日望んでいた平和が、ナイアードにはある。味方も居る。

イザベラはスッキリした顔で目尻の涙を拭いながら久々に彼女らしい笑顔を咲かせた。

「うん、でも帰ってきたいならいつでも言って。今度は俺が守るよ。これでも公爵として成長したと思うんだ」

キリアンはそう言ってイザベラの髪に軽くキスをして、彼女と目を合わせた。

「まぁ、彼の気持ちも分かるよ。急に大きすぎる役割を与えられると臆病になるものだしね。その点ベラは凄いよ、いつでも自分で真っ直ぐ立ってる。そんな所も……」

「え？」

風が吹いて薔薇たちが揺れたせいで、キリアンの言葉がかき消されて聞こえなかった。イザベラは聞き返すが、キリアンは唇に指を当てて悪戯な笑顔で、「これはまだ言うべきじゃないようだ」とだけ言う。

そして、耳がいいミアだけが、赤面して遠くに居る二人を見つめていた。

——そんな所も愛してるよ
確かにそう言ったように聞こえたミアはドキドキと胸に手を置いて、声を殺して悶えた。

「さぁ、もう入って。風邪をひく」

「私がそんなに弱くないと知ってるくせに」

「なんだ、まだ一緒にいたいって思ってくれるほど寂しいのか？」

「ええ、少しね。久々に皆に会って気が緩んだみたい」

「まだ当分いる。お前の母上がしっかりナイアードを守っているからね。おっとりしてるようで女帝の如くだ」

「ははっ、お母様らしいわ。それならまた会いましょう、貴方ももう戻って」

「そうだな、お休みベラ」

「ええ、お休みキリアン」

去るキリアンを一瞬だけ見送ってから深呼吸して、イザベラは後宮の皇后宮へと歩き出した。

「イザベラ・ライネルだけれど、私はイザベラ・ディオネ。ナイアードの女は決して負けない」

翌日、イザベラは頼んでいた事を確認する為に、ミア、リーナ、そしてローレンスの側近であるはずのユゼフを集める。全員に集めて貰った後宮、ひいては王宮内部の情報を前に、顰《しか》めっ面をしていた。

「予想より遥かに酷いわ。……それにしてもユゼフ、私に手を貸す事は陛下への裏切りにならない？」

「ライネルにとってはこれが最善でしょう」

「そう、では遠慮しないわ。まずは第八妃についてですが、余りにも悲惨です。敗戦国とはいえまだ幼い、唯一の姫を取り上げ、実質人質として嫁がせるなんて……陛下へご確認して早急に対応致します。それと……」

「はい。ローレ……陛下にはもう報告済みだよ。奴は今、自己嫌悪に駆られて必死に空回りしてるところですよ……ははっ」

報告を受けたローレンスはそれ程に酷い様子だったのか、ユゼフの無理矢理付け足したような乾いた笑いが痛々しい。

イザベラは目を逸らした。

「無理矢理に嫁がされた姫たちに関しては、人質関係なく意思を確認し、不正を働いている者は皆あぶり出します。大臣たちには最後の仕事をしてもらいましょう」

「陛下は今ごろ、執務室で証書を書いてる筈ですよ。側妃に関する承諾を得たいなら、今行けばすぐに許可が出ます」

「では、皇后陛下……私たちも伺いましょう」

そうして、表向きは来訪した他国の重鎮達との交流の為と半ば無理矢理な名目で、側妃達が自由に行動できる範囲を増やすと……思ったより簡単に『彼女』がひっかかった。

「まぁっ！　貴方はとても高貴な人に見えますわ。お初にお目にかかります、メリダと申します……無実の罪で冷遇されておりまして……本当はこうして話せる立場ではありませんの」

うるうると瞳に涙を溜め、身体にフィットした色っぽいドレスの開いた胸元を強調させ、しおらしく演じるメリダ。

その相手はなんとヴィンセントだ。

「……あぁ、君が誰か、その名ですぐに分かります。事情は知ってる。ですが、不満なら皇帝陛下の元へ行かれては？」

「陛下は皇后に騙され、私達を幽閉致しました……どうか、いえ……何でもありません」

「そうか。では……後程ここで。今から用事があってね」

(掛かったわ！　この際金持ちで美丈夫ならなんだっていい、贅沢な暮らしが自由にできる所に逃げないと！　ローレンスはもう落ち目よ！）

「ここだけの話……陛下はもう性悪な皇后に絆され、不正ばかりの国を治める能力もありません。貴方の国へ私を連れて逃げてっ……！」

「ほう……」

「すみませんっ、こんな、厚かましい事を……！　えっと……」

「僕はヴィンセントと申します。『とある王家の出』です」

（シメたわ！　このまま色仕掛けのみで大丈夫そうね……とにかくライネルから逃げて遠くから皇后を処理しましょう。大臣達が国を奪った後に、ローレンスを言いくるめて――）

「メリダ殿、どうされました？」

彼の美しく、それでいてどこか男らしい魅力にメリダは一瞬息を呑んだがすぐに「いえ、あとで……私の宮の方がいいわ」と言い、照れたフリをしてパタパタと走り去って行った。

「はっ、とんだ尻軽だな」

国内の掌握はお得意のようだが国外でもそれが通用するとは思わないことだ、と独り言ちて、自身の役割を果たすために歩を進める。

その間、合流したローレンスとイザベラ、そしてファラエルは真剣な面持ちで向かいあっていた。

「義父上……どうかご検討下さい」

「私はイザベラの犠牲など望んでいない。虫の良いことを仰られていますが、陛下は今まで出来なかった事をなぜ今から出来ると？」

「きっと、幸せにします。イザベラ妃もライネル国民も……！」

今後も対等な国として変わらぬ同盟の継続を申し出たローレンスに、まさかのファラエルは渋い顔をした。

彼は娘を犠牲にしたつもりは無かった。

いつだって国を上げて戦うつもりだし、イザベラの選択を否定こそしなかったが本当に武力のみでのし上がる程愚鈍では無いと自負していた。

だが、それでもローレンスに嫁ぐ前、恋も知らない娘が絵姿を胸に抱きながら結婚生活を夢見て「お父様とお母様のようになるわ」と幸せそうに言ったのだ。

「側妃についての情報が遅かったのも、冷遇に関しても、そちら側から意図的なものを感じます」

政略結婚とはいえ、あんなに『夫婦』というものに憧れを抱いていたイザベラが、感情が抜け落ちたような顔をしていたのは、父親として心をナイフでズタズタに刺されたような感覚があったのだ。

「それは……国の内情になりますので詳しくは言えませんが。確かに、意図的な策略がありました。私が愚鈍な為数年もの間、皇后を陥れる策略に気付かず……この様な事に」

「では、どう処理するおつもりで？」

「お父様、これ以上は……」

「いい。義父上もお気付きだろうが、どう考えても『人質』を沢山とらないといけない程は困窮していません。誰かが国が傾く程の横領をしていると言うことです」

そう言ってローレンスは「同盟の提案をのんで頂けないのであれば……」と先を濁した。

おや、とファラエルは内心ほんの少しだけローレンスを見直す。良くも悪くも周囲に流されがちな愚王だと思っていたが、誰の入れ知恵だろうか、正しく他者の意見を受け入れれば、一日二日でこうして交渉の真似事も出来る男だったか、と。

入れ知恵をしたのが誰かも察して、ファラエルは口を開く。

「此度の、収拾の結末で貴方を測らせて頂きたい。無礼は存じておりますが……私もひとりの王であり、ひとりの父親ですので」

イザベラは努めて冷静に父の意見に同意するというようにローレンスに頷いた。

「……分かりました。それでは一つ、ご協力をお願いしても？」

そう言って神妙な顔つきでファラエルを見たローレンスのアイスブルーの瞳には、今までとは違う生を感じる光が宿っていた。

「私からも……お父様、反撃に協力をして下さる？」

片眉を上げて、ニヤリと笑ったイザベラの静かな怒りに、ファラエルはとうとう笑った。

「滅多に言わない娘の我儘なら、聞いてやらねばなりません。ただ、ナイアードの協力の代償は高くつきますが？」

「構いません。宜しくお願い致します」

ローレンスが深々と頭を下げると、あっさりと軽い承諾をして、ファラエルはイザベラへと両手を広げた。

「さぁおいで、よく頑張った。政略結婚など王族ならば普通のこと、それは私欲ではない。あまり自分を卑下するな。それでも幸せになる者達はいる」

子供のように父の抱擁を受けて、顔を上げたイザベラは驚いたように父の穏やかな顔を見上げ「なぜ、分かったの……？」と呟く。

「真面目で融通の効かんお前が、悩みそうな事だと思ってな。確かにナイアードの力なき者の為にはなったが……それだけではなかったはず。王家として政略結婚を甘受しても、幸せに憧れた一人の少女は確かにいたはずだ」

「お父様……確かに夢みてた筈なのに、いつの間にか卑屈になっていたのね。……反撃致しますわよ。陛下、覚悟はおありで？」

「あぁ、もう既に罠を張っている。……皇后、そなたは本当に家族に愛されているな」

イザベラが反撃の狼煙を上げる一方、メリダは突如目の前に現れた美青年に夢中だった。

「ねぇヴィンセント様、私外を知らなくって……けれどきっと貴方のお役に立てるわ」

「そうですか。例えばどのように？」

メリダは、自分の贅沢の為利用するはずだったヴィンセントの、その容姿の美しさとローレンスとは違うどこか安心感のある雰囲気にドキリと胸を高鳴らせた。

「え、あっ……もう、良いわ。私を連れていってくれるなら。いずれこの国と私の全てを貴方にあげてもいい、その代わり私を愛すと……取引しましょう」

「……なにを言ってるんだ？」

「貴方も王族の出なら、分かるでしょう？　政略結婚というのではなくて？」

メリダは誘うようにヴィンセントをソファに追い詰めて、片膝をソファに乗せると覆い被さるようにヴィンセントに顔を近づけた。

「貴女に何ができると？　政略結婚というなら具体的なうまみが欲しい。今のところ何も証明されていないが……」

冷ややかに言い放つ男にメリダはあからさまに舌打ちし、バッと踵を返して「ついてきて！」と命じる。自身の宮の遥か奥、隠すようにカーテンに覆われた扉を開いて中に入った。

「……これは！」

かなりの広さがある部屋の天井近くまで積まれた金銀財宝、高価なドレスや何かの権利書、高価な布、そして……

「あぁ、それは誓約書よ。他国の側妃を娶る際に取引をした条件が書いてありますの」

「見ても？」

「そうねぇ……それは返事と受け取っても？」

「どうぞお好きなように」

「まぁ……いいわ」

目を通したヴィンセントは驚愕した。

第四妃、第七妃、第八妃についての条件と誓約書はとても正当な取り引きとは言えない無理矢理な条件が書かれており、更にメリダは驚く事を言い始めた。

「大臣達の手を借りて、正規の条件が書かれたダミーとこちらの本誓約書を二通用意しています。なので陛下はこの条件を知りません。利益の殆どは私に……なので大臣や、一部の貴族達は私の言いなりです」

「……なるほど。しかし怪しまれてはいけないな、一度ここを出てゆっくり話そう」

メリダの腰に手を添えてそう言うと、頬を染めたメリダは黙ってしおらしく頷き部屋を出て自室へと招き入れた。

(そろそろだな……)

ヴィンセントの思惑通り、使用人らしき者が慌てて駆け込んで来る。

「め、メリダ様!! 大変です！」

「何事よ！　誰も来ないでと言ったはずよ！」

「それが……っ、皇帝陛下が……！」

「ローレンスが何ですって？」

軽く目を見開いたものの、メリダが面倒そうに顔を顰《しか》めたところで、そのローレンス本人の声がする。

「何だ？　私が来てはマズイのか？」

「ローレンス！　そんな訳ないじゃない、どうしたの？」

「あぁ、大臣、税官、外交官、宰相を拘束した。不正が明るみにでては全て調べざるを得ないだろう。多すぎる程の不正と横領が発覚したよ」

その時、メリダにとってはタイミング悪く、他の者にとっては打ち合わせどおりのタイミングで、扉から出てきたヴィンセントは、さも当然と言うような仕草でローレンスの後ろから歩いてきたイザベラの頬に手を添えた。

「メリダ殿ここには……あぁ、来たのかベラ」

「あっ！　今出ちゃ……えっ⁉」

一瞬焦ったように声をあげたメリダだが、すぐに忌々しげにイザベラを睨み、声は地を這うように変化する。

「あら、皇后陛下。皇帝陛下の御前で他の殿方と仲睦まじげな様子は不貞と取られかねませんわよ？」

「……それは貴女の方ではなくて？　メリダ」

「んな……っ！　無礼なっ！　皇后は他の妃への礼節までもお忘れになったようね！」

ローレンスは悲しげに彼女を見つめてグッと瞳を閉じる。

「そなたは何故、ヴィンセント殿下と？」

「そ、それは……ただお友達になったのですよ、ほほ」

「お友達？　私には誘惑されているように感じましたが……」

「ヴィンセント様！」

「あら、でしたら……」

イザベラは少し困ったような素振りをしてから、にやりと微笑む。

「奥の部屋はもう見られたのですか？」

「あぁ、勿論だよ」

「な！　何のことよ！」

ヴィンセントの言葉を遮るように声を荒げたメリダにローレンスは傷ついた表情を隠せないままヴィンセントに同意する。

「私もそなたの部屋の奥から彼が出てきたように見えた」

「殿下も見たでしょう！　二人の仲睦まじい様子を！　きっと私を陥れて国を乗っ取るおつも

りなのよ！　信じて、ローレンス……」

「メリダ……そなたには失望した。ここは皇宮である故、様々な諍いやしがらみもあろう。せめて私への忠義を持っておればこのまま後宮に残る道もあったのに……」

「そ、そんなの！　この女に嵌められたの、ローレンス！　ほんとよ！　きっと二人は恋人だったのよ！」

ヴィンセントはクスクスと笑って「俺が何処の王族かご存知で？」とメリダの耳元で問いかけると、みるみる内に顔を青くして「まさか……」と口をパクパクと開いては閉じた。

「そのまさかです。メリダ、彼は私の兄でヴィンセント・ディオネ。ナイアードの王太子です」

「あ……や、やっぱり嵌めたのね!!　ローレンス違うの、お願い！」

「私は『皇后』です。貴女が欲を為して余計な牙を剥かなければ、陛下の愛情が貴女にあれど、他の者にあれど、側妃を持つことを拒む程狭量で世間知らずではありません」

「嘘をッ！」

「本当です。例え誰にも愛されずとも、私はライネルとナイアードの為、皇后として与えられた役割を生きる事を全うします。貴女以外の他の妃達にも意見を尊重し、きちんと陛下がご判断なさるはずです」

「皇后、私は……」

ローレンスが口を挟もうとするが、振り返ったイザベラがあまりにも凛々しく、それ以上の言葉を飲み込む他無かった。

全員がメリダを非難する雰囲気の中、ポツリとイザベラが言葉を溢す。

「ですが……私も人並みの幸せを求めてしまう時もありました。今でも偶に考えてしまう時はあります。それすら欲深く感じ自己嫌悪しますが、だからこそ貴女にも願う未来があり、きっとそれは、貴女の隣に陛下がおられる未来で……その愛を勝ち取る為に私が邪魔なのだと考えていました」

「そうよ！　貴女は邪魔者なのよ」

「元より割り込んだのは私ですから。手法は兎も角、幸せを勝ち取りたいという気持ちは汲み取ります」

そう言って少し悲しそうに笑うイザベラを、メリダが嘲笑う。

「はっ！　とんだひよっこね！　同情してるの？　城中の者から貴女が嫌われるように仕向けて、最終的には貴女に全部罪を被せるつもりだったのよ！」

「ええ……もう知っています。まだ若かった私は早まった判断で国を出ましたが覚悟はしていました。それでもただ一人の人間としての権利を、皇后となった一人の少女を、正当に扱ってほしかったの。陛下にも、貴女にも……」

ローレンスはハッとしたようにイザベラを見つめた。

どんな理由があっても妃、ましてや皇后を冷遇するなどあってはならぬ事。

理由あって嫁いだ姫や令嬢のそれぞれの立場を尊重し妃として接するべきであったと……

所詮、見目に惑わされ入宮した者や　国の為僅かな援助で大きな顔をして妃になった者ばかりだとメリダに言われ、自身もそう思っていた。

だが、それは目を背けていただけ。

メリダに依存し、彼女以外の女性は愛欲にまみれた者だと言い聞かせるメリダ以外の言葉を聞こうともしなかった。事実、殆どの妃が勝手に争い合ってローレンスの身体を求めたし、愛を奪い合った。

だからこそメリダを信じた。

——そうではない皇后にまで、周囲の言葉だけで決めつけた。

「それで私と上手くやれたと思うの？　ローレンスとも？　無理よ！　そもそも私は美しい女は嫌いだし、ローレンスはただ私を皇后にするだけの駒！　美しい見た目は気に入っているから他の者に盗られるのは癪だっただけ！」

「メリダ……っ、私にかけた言葉は、全て嘘だと？」

「……ええそうよ！　確かに愛してるわ、けれどそれは貴方が皇帝であるからよ。脆い人だと思ったからつけ込んだの。ああ、可愛くて馬鹿な私のローレンス……」

悲痛な表情を浮かべるローレンスを、メリダが言葉と表情で追い込んでいく。

「メリダ妃、やめなさい」

イザベラが厳しい声で制止し、ローレンスの前に庇うように腕を伸ばした。別に彼を愛している訳ではない、けれど放っておけなかったのだ。

メリダが悪事を働いていることは知っていた。

しかし、ローレンスへの愛情が偽りであることや、ましてやそれをこのタイミングで暴露してローレンスに揺さぶりをかけてくるとは思わなかった。ローレンスへの愛を訴えて彼の良心につけこもうとすると思っていたから……最愛の側妃から全てを否定された彼が、真実脆くなる可能性を、見落としていた。

「皇后……」

「陛下の擁護ではありません。ただ、皇族への冒涜です。これ以上罪を重ねる必要はないでしょう」

「生意気な女ね！　好きになさい、ローレンス。貴方にそれができるのならね！　私を処刑できる？　私無しで生きていける？　ずっと側に居たのに……？」

ローレンスは少し潤んだ瞳で、メリダを見た。そしてグッと唇を噛み締めてから告げる。

「……拘束しろ。この宮は今より私の許可なしに誰も立ち入ってはならん。こちらで警護、調査する」

「ローレンスっ!?」

「メリダ……確かにずっと愛していた。今までの全てとはいかないが、感謝する」

「ローレンス！　ちょ、触んないで！　自分で歩くわ！　ローレンス！　必ず迎えに来なさい！　あなたはもう私なしでは生きられないのよ！」

ローレンスは近衛兵の腕を振り払って叫ぶメリダからそっと視線を外して、イザベラに向き直った。

「そなたの進退はそなたの判断に任せる。だがもう少しだけ……協力をしてはくれないか？　私は皇帝として未熟だったと思い知ったのでな」

すると、今度はヴィンセントが鼻で笑ってイザベラを庇うように立つ。

「その義理があると？　確かにベラとて未熟だったが……、この国はあまりにも酷い」

「お兄様……」

「ベラ、情でも湧いたか？」

「分かりませんが、放ってはおけません。どの道乗りかかった舟です」

「……そういえばベラはよく『子猫や子犬』を拾って来ては面倒見よく育てていたね」

ヴィンセントの言う『子猫や子犬』は全部が言葉通りの動物だったわけではない。

イザベラに拾われた孤児や、ナイアードの貧しい者達は、今もイザベラに忠義を尽くして様々な方法で彼女を支えていた。

こちらに連れて来られた者は僅かであったが、イザベラの妹達やキリアンと彼女の立ち上げた資金源を守り、またイザベラの大切な人達を守っていた。

「お兄様、そんなんじゃありません」

「そうだな、今までの者達とは違う。ベラが放っておけない性分なのは分かっているが、これにはお前の将来も付いてくるんだ。そして、引き際は必要だし大事だと思う。よく考えなさい」

「はい、お兄様。……ありがとう」

そう言って眉を下げて微笑んだイザベラは少し幼く見えて、そんな一面を見るたびにローレンスは自分が彼女にしてきた事をひしひしと後悔するのだった。


そして、メリダと使用人達が拘束され騎士は宮の前で待機している今、宮内に三人となり微妙な空気が漂っていた。

「陛下」

「……ああ」

「どのみち放り出すのは私の主義ではありません。ですが私達の個人的な感情は後回しにしましょう。私に皇后として正統な権利と立場をくれますね？」

「勿論だ。イザベラ、すまなかった」

初めてと言ってもいい程久しく呼ばれた名前に、怪訝な顔をして「謝罪はもう結構です」と言ったイザベラの態度に、ヴィンセントは無礼を気にする事もなく笑って、ローレンスは少し落胆したように肩をすぼませた。

「今度のは、またど偉く大きな犬を拾ったようだな」

こっそりとイザベラに耳打ちをしたヴィンセントは、イザベラの手をエスコートするように取って歩き出した。

「あ、待ってくれ……！」

「では、陛下はやるべき事を。此方は私にお任せ下さいませ」

歩き出したイザベラの後ろ姿を切なげに見つめてから、首を振る。

愚かだったのも未熟なのも自分。

判断に任せると言ったのも自分。

やるべき事をと言われたのだ、やらなければ。

ずっと霞んでいたローレンスのアイスブルーの瞳が、光を取り戻したかのように煌めく。

「ユゼフ！　いるよな。他の仲間を呼んでくれ。全員だ」

「あぁ、いますよっと！」

「ああ、良かった。頼んだぞユゼフ。皇后にもお前達の力が必要になる」

「皆、雑用ばかりで忘れられたのかと思ってるよ、きっと」

「……すまない、すまなかった。皆にも今まですまなかったと伝えてくれ」

「あぁ、やっとお前らしいね。……お帰り、我が主君」

「ただいま、ユゼフ」


第三妃テリーヌは静かにこの時を待っていた。

祖国の仇、後ろ盾や従属というにはまるで杜撰で寄生虫のようなライネルのやり方がどうしても納得できなかった。

これでは何の為に婚約者を捨てて嫁いだのかと日々苦悩したし、かと言ってまるで皇后かのように振る舞うメリダを出し抜くことも出来ない、唯一話が通じそうな皇后はライネル国民はともかく王宮内では嫌われていたため、後宮やそこに住まう妃のことではその声は届かないだろうと諦めていた。

祖国の扱いを妥当なものにする為には皇帝に取り入る他ないと、プライドを捨てて閨へ誘った。

しかし義務的に抱かれてはメリダとの子以外は要らぬと、後悔したような顔で避妊効果のある薬湯を出された。

だが、顔を合わせる回数が増える度にローレンスはテリーヌに何処か憐れみを含んだ視線を送るようになり、祖国の話をする事が増えた。

初めこそふざけるなと、殺してやりたい気持ちにもなったが、話している内に矛盾点に気付いた。

メリダ妃が脅迫のように祖国との契約を度々口にしてテリーヌを押さえつけるのに対して、ローレンスはテリーヌの祖国の様子をさも心配しているかのように尋ねるのだ。

「そなたの祖国は他の国に侵略されるような問題を抱えてはいないか？　ライネルの兵により国民が不当な差別を受けていないか？」

チャンスだと思った。

洗いざらい言ってしまえば祖国は助かる……でも疑いはあった。

テリーヌを懐柔する為だけの言葉ではないかと。

だが、目の前の皇帝はまるで少年。愚かなまでに真っ直ぐに、盲目的にあの魔女を愛する単純な男。

今更テリーヌを懐柔する理由もないだろう。

「あの、陛下……」

それからは大騒ぎとなった。両者で契約書の再確認、祖国への確認、ローレンスは善意ゆえに声を上げて調査した。

だが、それはメリダにとってローレンスの調査手順などはお見通しで、ましてや彼女を盲目的に信頼する彼は彼女の都合のいい助言を疑いもせずに受け入れ、結局テリーヌを疑った。

祖国にも彼女の手の者が居ると父からの密書によって発覚したが、すぐに見せしめのように父は覚えのない不正を着せられ罰された。

まだ幼い弟が王となった祖国はもうライネルの手を逃れる方法は無く、テリーヌ自身も嘘つき呼ばわりされ、いつまでたっても見つからない証拠にだんだんとローレンスは疑念を抱いていた。

「テリーヌ妃、そなたの言う不正や不当な扱い……何一つ証拠が出てこない。使者を視察に送ったがその者からも不備はないと報告があった。どのような意図でそのような嘘をついたのかは分からんが、皇帝に嘘をつくものを見逃す訳にはいかん」

「陛下！　嘘ではありません！　メリダ妃が……っ！」

一瞬、ほんの一瞬表情を怒りに染めたメリダはそれを上手く隠して無表情で思いっきりテリーヌの頬を打った。

相当な力で打ったのか、大きな音と共に体勢を崩したテリーヌが床に座り込んだまま彼女を睨みつけると白々しくもローレンスに悲しそうに話し出したのだ。

「陛下、テリーヌ妃はどうやらそれ程までに私に罪を着せたいようですね。ですがどうか御慈悲を……あからさまに私のみを愛する陛下に嫉妬したのです。妻の切ない女心を理解してあげて」

「メリダ……そなたはなんて思いやりのある女性なんだ。テリーヌ妃、メリダに免じて一ヶ月の謹慎とする。次は無いと思え」

それからはもう、テリーヌには反抗する術が無かった。彼女の『手』はあまりにも広すぎたのだ。

ローレンスの後ろからテリーヌを射抜くその視線がニヤリと一瞬細められたが、それは『次はない』という意味だと理解した。

後日、テリーヌを訪ねたメリダは悪態をつきながら何度かテリーヌを殴ってから罵声を浴びせた。

「何をしてもムダよ。ローレンスは私だけを愛しているから！　大人しくしていればアンタの国も助けてやるわよ。時期が来ればね！」

「っ！」

「アンタの国は貿易に優れているでしょう？　手放す訳にはいかないのよねぇ。特別にアンタがいい子でいればいるだけ褒美を与えることにするわ」

そう言ってテリーヌを跪かせた。

かと言って皇后を追い出すのに、協力する気にはなれずそれからは静観を守った。

そして、やっと……彼女にも好機が現れたのだ。

メリダの気分に偶然巻き込まれただけとはいえ、イザベラは己に向けられた刃を払拭すべく重い腰を上げた。

ライネルの国民を虜にしたように、メリダに比べると僅かな数ではあるものの城内の者も味方に付けて、とうとうローレンスの目まで覚まさせた。

（まぁ私が男ならあんなに美しい方を放ってはおけないわね）

それどころか、テリーヌはイザベラから送られた数枚の手紙を読んで涙していた。

初めに書いてあったのはテリーヌの状況を大まかに知った事。勝手に調べた事への謝罪と労りの言葉であった。

次に、皇后として後宮を自らの手で守れていなかった事への謝罪、力無い皇后である私を許して下さいとも綴ってあった。

テリーヌの祖国に関しては、ナイアードの手を借りて先じて手を打ってある事、偽りの契約書を葬り、まだ未成年の弟の摂政を、メリダの息のかかった宰相ではなく王太后である母君に密に据え変えるとの提案が書いてあった。

残念ながらテリーヌの元婚約者はもう別の令嬢と結婚しているが、新たに条約を結び直してライネルに残るか、国へ帰るかの選択肢を陛下より与えられるはずだとも書いてあった。

どうやら過去の調査の件からイザベラはずっとテリーヌの国を気にかけてくれていたらしく、現王である弟と皇太后である母の身を案じて人を潜り込ませてくれていたらしい。

「声の届かぬこの国で、当時私にできる事はそれだけでした。テリーヌ妃の父君の件に関しては力が及ばず心を痛めておりますが、実は父君は身を隠しており、お命だけは無事にナイアードでお預かりしております」

処刑には祖国の者の反発も多く、反乱を恐れて公開処刑ではなかった為に、イザベラが私財をはたき、執行人を買収してナイアードでの側近達に身柄を確保させたということであった。

メリダに邪魔された所為で全てが無駄だったのだと悲観していたがイザベラには全て届いていた。

「私が声を上げたのは無駄じゃ無かったのね……っ！」

謹慎中にも関わらず、テリーヌははしたなくも走って、走って、皇后宮へと走った。手紙を送った時点でテリーヌへの警戒を解いているイザベラの指示で、すんなりと部屋の前まで通れた彼女はイザベラが扉を開けるなり頭を下げた。

「皇后陛下!!　私……っ、私は見て見ぬフリをするのが精一杯でした！　なのに……、この御恩は生涯忘れませんっ！」

一方、イザベラは簡素な格好のままその美しさを損なわず、悪戯が見つかった子供のように笑って、テリーヌの頭を上げさせるように両肩に手を添えて目線を合わせた。

「貴女が身動きを取れないのを知っていたわ。なのに……中央宮で声をあげてくれたでしょう？　それが嬉しくて、少し早いけれど真実を話したの」

「あれは、私利私欲の為に……」

「それでも、嬉しかったわ。共に戦う仲間等、ここにはいなかったから……ずっと」

それに、他の妃の事は知らなかったのよ、と困ったように笑った。

「あの時、声を上げたテリーヌ妃の手柄よ」

「……皇后陛下、私は貴女について行きます。生涯、貴女がいる場所で共に戦うことを誓います」

テリーヌは綺麗なカーテシーを見せると、止まらない涙を拭う事もなく、イザベラの目を見て誓った。

「大げさよ……できることをしただけ」

そう言って眉を下げて微笑んだイザベラを一生裏切らないとテリーヌは心に誓った――

皇后宮を訪ねたローレンスは、イザベラが腰掛けるベッドの下に正座し、彼女の説く言葉を聞いては落ち込んでいた。

「貴方の功績は確かにあります。帝国の貧富の差があまり無いのも、このライネルが平和である事も、平民の学校を作っている事も、貴方の功績ではありません」

「ああ……」

「表向き貴方がするべきとされている仕事にも、詰めの甘さはあるものの、大きな問題は無いでしょう。ですが、それはあくまで外面ならぬ内面が良いというだけの事。貴方はこの国の外にも、戦に負けた数々の国にも、国民がいることを理解していますか？」

「それは理解している。いや……理解しているつもりでしかなかった。私の不足だ、不甲斐ない」

「側妃も、皇后も、陛下の妻です。ライネルの民を家族と思うなら、従属国の民も貴方の守るべき家族です。貴方が今まで見ていた世界はあまりに狭すぎるのです。一つのことに集中しすぎていたという事を自覚して下さい」

「重々感じている……愚かだった。過去は消えないが、今からでもきっと償う。私の『家族』を本来あるべき姿に導くと約束する」

「そうですか。では、私もまだまだ至りませんが尽力致します」

「それなら、そろそろ今日は一緒に寝……」

「陛下、帰ってお休み下さい」

「えっ、一緒には……」

美しいアイスブルーの瞳が不安げに揺れ、哀願するようにイザベラを見つめる。

かと言ってイザベラからしてみれば、形式上の夫というだけでそのような間柄では無い。

最近はどうにも年下を、それも少年と呼べる年頃の人間を相手にしているようでほだされてしまうが、だからこそこの方面で甘やかす気はない。

「このような時に何を考えているのですか？　私はまだ仕事があります。ユゼフ、陛下をお連れして」

「はい、皇后陛下」

「ユゼフ……！」

「あ、そういえば皇后陛下」

「何、ユゼフ。軽口だったら追い出すわよ」

ローレンスに対してもユゼフに対してもしれっとキツイことを言うイザベラに、ローレンスとユゼフは顔を見合わせて身を縮める。

「違うんだ。今日、第四妃サラ様の契約の見直しの際に――」

ユゼフから聞いたのは意外な話であった。

契約書が二通という異例の話と、知らぬ間にメリダがしていたサラ妃の家門への仕打ちに頭を抱えたローレンスは、思わず筆をとったと言う。この件に関しての謝罪と、正当な対応をすべく信書の見直しをするという業務的な話であったが、その後、サラ妃の宮を訪ねたローレンスは、怯える彼女に直々に頭を下げたらしい。

イザベラは意外そうに僅かに表情を崩したが、すぐにローレンスに「それからは、どうなさいましたか？」と尋ねた。

「ユゼフが余計な話を……。サラ妃の意志を尊重すると言った。今までの自分が愚かで仕方が無い、頭を下げたとて自己満足、ただ己の罪悪感を軽くするだけだと承知していたが、そうせずには居られなかったんだ。そうしたら……」

小刻みに震えていたサラ妃。

まだあどけない顔は恐怖で歪んでいて、自分が恐ろしいのだろうと自嘲していたローレンスは、すぐに違うと知る。

『そなたには選択肢がある。今まで私は、自分の小さな世界でそなたたちを一方的に敵だと思い込み傷つけていた。申し訳無かった……祖国が恋しかろう、少しでも早く帰れるよう取りはかろう』

『いえ……っ！　私には帰る場所がありません。半ば売られるように妃となりました。父はお金や権力に目がなく、私が妃になる事で得られる利益だけが重要なのです。のこのこと帰っては酷い目に遭うでしょう』

その後のサラの話には驚愕した。

父の欲と立場の弱い母につけこんだメリダによって半ば強制的に宮へと入れられたサラは、仕方なくメリダの言いなりになり皇后や他の妃への嫌がらせをする汚れ仕事を買っていた。

実家の父も、メリダのおかげで甘い汁を吸っていたので、彼女の手足として行動し、サラの行動にも協力を惜しまなかったと言う。

『それを言ってしまっても良かったのか……？　聞けば不問とはいかないが』

『いいのです……っ、私も、家門もどうなっても構いません！　ですが、幼い弟や妹達がおります。どうがその子達はお助けください……！』

『……ああ、必ず約束する。こうなったのは私の落ち度だ。そなたの身柄についても、善処しよう」

『どんな理由があれ、妃としてあるまじき行動でした……。自分を恥じております。陛下のご慈悲に感謝いたします』

『私もそなたを責められまい。当面は身を守るという意味でも謹慎を解くことはできないが……幼い弟妹達は早急に手を打つ。家門は、相応の罰を免れないであろう、ゆるせ』

そうして泣きじゃくるサラ妃に暫く付き添ったローレンスは、残りの仕事を済ませてイザベラの元へとやって来たらしい。

「そうでしたか」

「これでひとつ、不正の証言が得られたのと見直すべき部分が明るみになった。そなたに寄りかかってばかりではいけない。その……、私なりにちゃんと考えている。だから夜くらいはそなたもちゃんと休んで欲しい……」

まるで子犬のようにイザベラを伺いながらそう言ったローレンスを不覚にも少し可愛らしく感じてしまったイザベラは、直後自分の肌に鳥肌が立つのを感じた。

(私は何を、馬鹿なことを。こんなのまるで子供じゃないの)

そう、ローレンスの挙動こそ、家族に甘えられずようやく頼れる大人を見つけた子供そのものなのだ。

まさかメリダは、彼が少年王だった頃から精神的に成長しないよう洗脳していたのだろうか、もしもそうならばこの国の問題は随分と根深い――

そんなはずはない、今は多少頼りないだけでローレンスはいずれ賢王として年相応の振る舞いをするはずだと、懸念を振り払って、頷く。

「ええ、分かりました。では少しだけ済ませたらすぐに休むと約束しましょう。そちらはお任せしますので……私が必要であれば申して下さい。後宮は皇后の権限ですから」

「分かった、では……」

「はい。お戻り下さい」

「……そうか」

ローレンスを見送ったイザベラは、また机に戻ってため息を吐く。

父や兄、キリアン達はどう過ごしているだろう。

「明日は、お兄様達がお帰りになるのね……」

ローレンスの計らいで、ナイアードからの来賓をもてなすパーティーが開かれる事となり、翌朝の出発と延泊を決めた三人は僅かな騎士達と皇宮で準備をしていた。

「僭越ながら……こちらでご用意させて頂きました」

「あぁ、急いでいたので。軽装で来てしまい失礼したね」

「いいえ、国王陛下。皇帝陛下より"気が利かず申し訳ない"と言伝を預かっております」

ほんの数日前に紹介を済ませたばかりの執事長がそう言うと、ファラエルはにこりと人のいい笑みを浮かべた。

「父上、俺とキリアンは準備が出来たよ」

「あぁ、私もすぐだ」

手際よく準備を済ませた使用人達に礼を言いながら部屋を出た三人の表情は決して穏やかでは無かった。

明確な言葉こそ交わさなかったが、イザベラをこのまま置いていく事を躊躇しており、本心としては今すぐにでも連れ帰りたいという気持ちを全員が抱えていた。

「ベラは……昔から、少し意地になる所があります」

「あぁ、変に責任感が強くて真面目で融通がきかないんだ」

「妻に似て、頑固でもある」

三人は進行方向に顔を向けたままぽつりと呟くように言って、小さくため息をついた。

その頃、皇后宮ではイザベラが準備を終えてローレンスの迎えを待っているところであった。

すると足早に来たのはいつもより上等な装いをしたユゼフだ。理由を尋ねるとあからさまに嫌悪の意を表す表情で、「メリダ妃です」と苦々しく伝えた。

「メリダは幽閉、謹慎中のはずだけれど？」

「ローレンスを呼ばないと今すぐ死ぬと、クローゼットに立て篭もってナイフを自ら突きつけておられるそうです」

イザベラは理解に苦しむというようにユゼフに視線をやったが、ユゼフにもメリダのその行動がどのような意味を持つのか理解できないらしい。

「悪あがきでしょう。俺なら迷わず捨て置きますが」

真顔で悪態をつくユゼフを咎めるでもなく続きを促す。

「それで、遅れると？」

「いや……エスコートはするので、遅れないようにホールまでお連れするようにとのことです」

「そう……」

なぜか嫌な予感がしたが折角のナイアードの為のパーティーだ、ひとまずホールへと急ぐ。

「――っ、じゃない……」

「――んだ……――よ」

少し離れた所から声が微かに聞こえてくる。ちらりとミアを見ると驚いたように目を軽く見開いていた。声の主を尋ねると静かに答えが返ってきた。

「メリダ妃と陛下です。宮が近いので聞こえます……大きな声で言い争っているようです」

ミアによると、どうやらひとまず立て篭もったメリダを引っ張り出せたようだが、パーティーに向かおうとするローレンスを引き留め、ヒステリックに何やら叫んでいる様子であった。

「このままじゃ私は処刑されるのよ!? 貴方はなんでそんなに平気な顔をしていられるの!?」

「メリダ、もうやめてくれ……。君が私ではない平民の愛人との間に子を産んでいる事まで発覚している。この事実は名誉の為伏せよう。だがもう……私達は終わりだ」

「貴方を愛してるわ、ローレンス。あの子はほんの出来心だったの……正式な妻でないような気がして、寂しくって……!!」

「メリダ……私もそなたを愛していたよ、ずっとそなただけを……初恋だった」

「お願い……ローレンス、捨てないで?」

「っ！」

本宮から一番近いメリダの宮を通過するのが近道であった為、ローレンスの無事を確認するのも兼ねてこの道を案内したユゼフは後悔した。

愛憎劇の茶番を繰り広げるメリダにまさか絆されはしないだろうな……と考えていた矢先、メリダは突如ローレンスを引き寄せて深く、深く口付けをしたようだ。

すぐに引き離したようだが、沈黙の後、ローレンスの苦しそうな声が届く。

「命だけ……命だけは助ける。それが最大の譲歩だ。もうそなたは私の妻ではなくなる。そなたの裏切りの数は数えきれない……」

「ローレンス！ ローレンス！ 忘れたの？ 私達の愛を!!」

「もうやめてくれ」

ローレンスが独り言のように言った後、護衛騎士を呼び、駄々をこねるメリダを閉じ込める手順が始まる。

そこまで聞いたユゼフとミアがハッとしてイザベラを見る。イザベラは得体の知れない嫌悪感と怒りを覚えていた。

それが、多くの害をなしたメリダの処罰を情に流されて簡単に覆すローレンスの浅はかさに起因すると理解し、目眩を覚える。

「だ、黙らせる為の口八丁ですよ！　陛下！」

「そうですよ！　皇帝陛下も何かお考えなのですよきっと！」

「……そうね、少し様子を見るわ。先を急ぎましょう」

そのまま移動し、ホールに隣接された休憩室で待機するイザベラは、内心穏やかではなかった。

(可愛いと言うには些か行き過ぎた浅はかさ。まさか、ここまでとはね……)

誰にでも変わるきっかけが必要なのだと、イザベラは普段からそう考えている。

実際にイザベラが助けた身寄りのない者の中で悪さをして食べていた者もいたし、一度で悔い改めるものは多くなかったが、最終的に改心し彼女の部下となり活躍している者はナイアードには沢山居た。

イザベラだって初めから、なんでも出来た訳じゃなかった。父のファラエルも、母のペトラニアも決して甘いだけでなく厳しかった。

だが、そのおかげで愛されているという環境に甘える事なく、自分の成すべき事をきちんと考えられるようになったし、淑女としても王族としても成長出来たと思っている。

(陛下はきっと、私くらいのきっかけでは変われないのよ)

このまま身を引くのは逃げではないのかという思いと、一歩進んでは台無しにするローレンスの行動はもはや擁護しがたいという思いが頭を巡る。

考えを巡らせては考え直してを繰り返している間に目の前に男性の影が立つ。しかしそこにいたのはローレンスではなく、ヴィンセントであった。

「……あ、お兄様」

「ベラ、可哀想に……悩んでいるんだね。互いの立場上、理由は聞かないでおこう。けれど俺の独り言を聞いてくれるかな？」

イザベラは兄のいつになく弱ったような表情に、こくんと素直に頷いた。

「もしもだけれど……全てを諦める事が難しいなら、一度考える時間を貰うのはどうだろう？全てを背負うべき理由は無いはず、ベラは真面目だが融通が利かない所がある。里帰りだと言えば、一連の事件の後だし、身の安全や心の休養だと勝手に解釈するだろう」

「お兄様、でも……」

「皇帝陛下にも、頭を冷やす時間が必要だと思うんだけど？」

悪戯に笑って耳打ちしたヴィンセントの口調が、心配そうな目とは裏腹に気軽で、イザベラはほっとして少し笑った。

「そうね、気負いすぎていたようだわ。お父様は……？」

「西側の休憩室にいるよ。……行っておいで」

「ユゼフ、陛下にはお父様と入場すると伝えてくれるかしら？」

「……はい」

兄妹の会話の間、ユゼフはずっと何かを考え込んでいた。

そんな彼をチラリと見たヴィンセントは、イザベラに話していた声色とは違う、威厳のある雰囲気で声をかけた。

「君は、ここに居ていいの？　皇帝陛下の側近では？」

「私達は『皇帝陛下』ではなく『ローレンス』の部下です。私が今この地位にいるのは、ライネルではなく彼自身に惚れて、きっといつか元の彼に戻ってくれると信じたからです……」

そう、ユゼフと彼が率いる数人の者達は彼の直属の部下であり、どの官職の者にも関与されないが、反面、自由であるためにほぼ全ての権力を捨てていた。

直接皇帝に進言できる代わりに、皇帝に聞く耳がなければどこへも政治的介入は出来ない。

「私は公爵位を持っておりますが、元をたどれば戦地で功績を上げた際に陞爵された成り上が

り、実家の力も政治においては期待できません」

「だから、ベラに希望を？」

「……皇后陛下に明確なお味方もできず、期待だけを抱いてしまったこと、申し訳なく思っております。ですが……」

「もしかして、ベラに惚れたの？」

「……っ、恐れ多いです」

ヴィンセントは、全てお見通しだと言わんばかりにユゼフを見て手をヒラリと振ってから「あー、もう分かったよ。害意はないようだね」と疲れたようにソファにもたれかかった。

ヴィンセントのお使いから帰って来たリーナは、顔を赤くして控えているユゼフを不思議そうに見る。

「ユゼフ様、また来ているのですか？　陛下に叱られませんか？」

怪訝そうな顔での発言に、ヴィンセントは声を上げて笑った。

まるでその綺麗な笑い声に誘われたような軽快な足音が近づいて来て、ヴィンセントに声を掛ける。

「ヴィンス様、ベラは……」

「あぁ、キリアン！　ベラは父上の所だ」

「どうやら、皇帝陛下はまだのようですね」

「さぁね、だが今日のエスコートは振られたよ。ベラは父上と入場するらしい」

「ふっ、ベラらしい。それにしても、珍しいですね……ナイアードの者以外で身近に男性を置くなんて」

キリアンはユゼフを見て、威嚇するように言った。

ヴィンセントはさも愉快そうに笑ってからユゼフを見る。

「腕は立つようだが……ベラには敵わないだろう」

「では、俺にもですね」

お互いを睨みつけるように見た二人に、けしかけた本人は涼しそうな顔で「それじゃあ、僕が一番強いね」とにっこり微笑んで言うと、リーナから受け取った手紙に目を通す。そして「よし、これでベラに借りは返した」と頷いた。

「借り？」

「あぁ、第八妃の件でね。トゥーリア国から皇后の噂を聞いて手助けを頼んで来たらしくてね。姫を返してあげる仲裁を買って出たんだ」

「そうですか」

そのままキリアンと会話を続けるヴィンセントは、どこからどう見ても隙がなく、おまけに他国の者だというのに皇后の信頼を裏切らず一線を超えない方法で手助けを出来る出来た兄だ。

そんなヴィンセントと、一歩下がって、余計な事は聞かず必要なことだけ問いかけ、明らかに騎士としても紳士としても敵わないであろう雰囲気を醸し出すキリアンを見て、ユゼフはグッと手を握りしめて自分の無力さを感じていた。

イザベラに、主君としても女性としても両方に惹かれている自分はいた。しかし、帝国とその王宮はもう、そんなことで悩んでいられる局面はとっくに過ぎていた。

（俺はなんて無力なんだ。せめて……）

ユゼフが何かを決心した頃、一足遅れて休憩室へと入ったローレンスはイザベラが実父のエスコートを受けるとの言伝を聞いて落胆した様子を見せた。

すぐにファラエルの休憩室へと足を運んで、イザベラに会いに行くが、その雰囲気はとても歓迎されたものではなかった。

「陛下……、父と入場するとお伝えしたはずですが」

「お父上は？」

「少し席を外しておりますが、すぐに戻ります」

「なぜ、急に……？」

「陛下、私は人と接する際に数回の裏切りには目を瞑ります。それは信じるに値するからではなく、信頼関係を結ぶチャンスをお互いに得る為です」

「……。そのチャンスを私は使い切ったと……？」

「はい。私も一人でここまで耐えたわけではありません。周りの方々の優しさや、ましてや国同士の今までを無駄にしたくないと意固地になっていたことは認めます。ですがお互いに目を覚ます時でしょう」

「皇后！　私は……っ！」

「私を想うと言うのなら、ひとつお願いを受け入れて下さい」

ローレンスは薄々彼女の次の言葉が何かを想定していた。

唇を噛み締めて、哀しげに俯くその姿は、弱々しく庇護欲をそそるものではあったが、それを感じる程の期待も同情もイザベラには残っていなかった。

彼は、彼自身が変わることを望めばいい皇帝になる。

そう思っていた。

かつて望んだ愛ではなくても、ナイアードから来た私を愛してくれた国民達の為に良い関係を築ければと歩み寄ったつもりだった。

でも……

「私の声も、人々の声も、貴方には届かないでしょう」

「それは、どういう……」

「立場上すぐに関係を変えることはできませんので、しません。ですが、私に考える時間を下さい。私を父と共にナイアードへ」

「ならん！　そなたはライネルの皇后であろう!!」

ローレンスが声を荒らげイザベラの手首を取ると、イザベラはその手をうまく振り払って一歩下がった。

「分かるでしょう。私もですが、貴方はもっと弱い。その弱い手でどれだけの人を守れるというのです？　そのような自分勝手な考えで、どれだけの人を幸せにできるというのですか？　私は、ナイアードへ帰ります」

「許さんぞ。……頼む、イザベラ」

「貴方に名を呼ばれたのはこれで二度目ですね。所詮その程度の関係です。私をメリダの代わりにするのはおやめ下さい」

そうきっぱりと突きつけられて初めて、ローレンスは自分が、メリダに裏切られ頼るあてがなく誰かに縋りたい気持ちを、イザベラに押し付けていたのだと気付く。

つい数日前まで確かに、彼女に償いたい、彼女が幸せになる方法を模索したいと思っていたはずなのに、だ。

思えば、妃や国民のことも、きちんと向き合おうとしていた時期もあったのに、気づけばそう接する事がなくなっていた。

いつからだと頭を巡らせても出てくるのはメリダの言葉ばかり。

そして、今はイザベラの言葉ばかりが頭を巡っていた。イザベラの言う『代わり』とはまさにそういう事なのだと感じた。

自分はメリダか、メリダに代わる誰かがいなければ立ち行かない。

「……頼む、お願いだイザベラ、側に」

「いたとしても同じです。意味を成さない努力となります」

そんなやりとりの最中、ファラエルが帰ってきた。

いつもの涼しい無表情のままであったがどこか威圧的な雰囲気に、ローレンスは、一国の王とはまさにこの人のような人だと感じざるを得ない圧倒的な何かを感じた。

「おや、これは皇帝陛下……ご挨拶申し上げます。本日は私どもの為にこのような場を設けて頂き感謝致します。それと、折り入ってお願いがあるのです」

「……もう、皇后から伺いました」

鋭い視線と、思わずけおされる雰囲気。そして「では」と簡潔に話された完璧な計画にローレンスはもう首を縦に振る他できることは無かった。

「分かった……だが離縁はしない。あくまで療養という形での帰省を許可する」

「とりあえず今はそれで承知しましょう」

ファラエルの言葉にピクリとローレンスは反応するが、ふと彼のある言葉を思い出して苦い顔をした。

「ナイアード王、いつか彼女も私を選ぶかと尋ねましたね」

「ええ」

「あの時どうしたら、今、私は彼女を選べたか……彼女が私を選んでくれたのでしょうか？　貴方からはどう見えますか？」

　イザベラは軽く目を見開いてから額に手を置いてため息を吐いた。

（今、そんな事を考えている場合なのかしら）

　ファラエルはイザベラの内心を読み取ったように、あるいは共感したかのように、仕方ないなと言わんばかりに少しだけ目尻を下げてイザベラに微かに微笑んだ。

「ライネル皇帝陛下は、そもそもイザベラを選んだのではなく、後宮で生き残った皇后を必然的に愛しただけに過ぎません。まずは、『誰を選ぶか』や『誰に選ばれるか』よりも、もっと自分自身とこの国の事を考える方が賢明でしょう」

　ローレンスはこの瞬間、自分を恥じた。もうそれ以上言葉を紡ぐ必要は無かった。

「そうですね」

「陛下、もうお戻り下さい。そして先に王座へ」

「あ、あぁ……。失礼した。ナイアード士、本日はゆるりと楽しんで下さい」

　ふらりと部屋を出たローレンスに、ファラエルは短く息を吐いて天井を見る仕草をした。

「素直な青年だが……いや、やめておこう」

　意味深に呟いた後、ヴィンセントとキリアンを呼び、イザベラをエスコートしながらホールへと入場したのであった。

パーティーを無事に終え、イザベラがナイアードへと帰省して数日が経った。

想像していたよりももっと、王家である家族を含めたナイアードの人たちはイザベラを歓迎した。まるでナイアードを出た頃から時間が経っていないかのように、変わらない街の様子は穏やかで平和だった。

「お姉様、どうしたの？」

「シア……なんでも無いわ。変わらないここが愛おしくて」

「まあ！　お姉様は知らないのね？　お姉様のおかげでナイアードの名はもう大陸中に知れ渡って、国王会議にも出られるのよ？」

「ええ。でもやはり変わっていないわ。温かいままね……シア、貴女もナイアードも」

隣にいる妹のユリシアを、足を止めぬままに横目で流し見て、イザベラは微笑んでそう言った。ユリシアはイザベラのものより少し深い緑の瞳を嬉しそうに細めて幼い子供のようにイザベラの手を取ったが、口では「感傷にひたっているの？　変なお姉様！」と早歩きでイザベラを引っ張る。

ここは本来、イザベラが継承するはずであったナイアードの首都に次ぐ大都市。海に面したシェスタという南端の街だ。

彼女の結婚後、代わりにここを預かっている領主に挨拶へと来ていた。

何故だか名を伏せて「会ってからのお楽しみ」だと妹が笑うので身内の誰かなのだと思いながらも、どんな人がシェスタを守ってくれているのだろうかと楽しみで仕方がない。

「キリアンお兄様!!」

「ベラ！　シア、ようこそ！」

「キリアン……？」

あの日一緒に帰ってきたキリアンと会うのはたった数日ぶりなのに、まるで感動の再会かのように笑顔を綻ばせてイザベラに抱擁する彼をユリシアは呆れたように見てから、「キリアンお兄様はほんとお姉様がすきよね」と笑った。

イザベラの父よりこの領地を預かったのはキリアンであった。

すると、後ろから馬の足音が聞こえ「お姉様〜っ！」と軽やかな小鳥のような声が聞こえる。

その声からは想像もつかない程、貴族の女性にしては珍しい丸みのあるエメラルドグリーンのショートカットが見えた。

白馬に跨り、比較的女性的なデザインの騎士服から出る肩や腹部を隠すようにナイアードの民族柄のローブを羽織って、浅くフードを被った彼女は、ユリシアの下のもう一人の妹、マーデラである。

「マーデ!!　あなたも来たのね！」

「ええ、港に用があって！　せっかくお姉様がいるんだもの！　少し顔を見に寄ったの」

「ベラは妹達にとても愛されているようだ、少し妬けるな」

キリアンがおどけて言うと、ユリシアとマーデラは顔を見て見合わせてから、声を被せる。

「「とても愛しているのは、キリアンお兄様でしょ」」

そう言っておかしそうにクスクスと笑うのだった。

気恥ずかしさに頬を染めながらも、イザベラが慌てて宥める。

「こら、キリアンを困らせないの！」

「いいんだ、ベラ。本当の事だし」

「「まぁ!!」」

「キリアンっ、あなたまで……！」

「ごめんごめん、『まだ』皇后陛下だったね」

そう言いながらもしっかりとイザベラの手を取ってエスコートするキリアン。

怒ったような困ったような顔をしながらも頬を染めるイザベラを見て、妹達はニヤリと顔を見合わせた。

「これでは、お姉様がナイアードへ戻る日も夢じゃないわね」

「キリアン兄様ったら、誰とも結婚しないのよ！」

二人がきゃっきゃと盛り上がっていると、街の者達が次々と声をかけて来ては久しぶりに会うイザベラを歓迎した。馴染みの薬屋の老婆が、妹達の会話に割って入る。

「そうだよ！　領主様ってば、ベラじゃないなら娶らないと強情でね。姫さまが行ってしまった日にゃあもうその落ち込みようは凄かったこと！」

「ちょ、ジャネス婆さん！　何を言うんだ、やめてくれ！」

「姫さまも領主様もこーんな小さな時から知っているが……私ゃお似合いだと思うがね。どっかのふぬけよりはよっぽどね」

「「……ぷっ！」」

「……ははっ」

吹き出したユリシアとマーデラに続いて乾いた笑いでジャネスを恨めしげに見るキリアンと、顔を真っ赤に染めているくせに「ジャネスさんったら！　もう！」と澄ました顔で冷静を装うイザベラは、ジャネスからすればまだ幼い頃からあまり変わらない可愛い子供のままのようにさえ見えていた。

「お～、帝国から刃が飛んで来そうだよ。首が飛ぶかねぇ～」

冗談を呟きながらそろりそろりと店へと入っていったジャネスを確認した四人は、やれやれと言うように足を進めた。

「そ、そのベラ、俺は別に駄々をこねた訳では……あれは言葉のあやというか……その、あの時はつい」

「あはは！　……ええ、分かっているわ。でも私は少しだけ」

イザベラの言葉を待たず、街の人がキリアンを見つけて声をかける。

「キリアン様！　ちょうどよかった！」

「……ああ！　すぐ行く！　ベラ？」

イザベラはゆっくりと首を左右に振ってから「行って」と微笑むので、キリアンはイザベラの手を惜しむようにゆっくりと離しながら領民の声の方へと振り返った。

指先が離れるごく僅かな瞬間に、イザベラはキリアンの後ろ姿に小さな声で呟いた。

「私は少しだけ……嬉しかったわ。キリアン」

そんな二人をもどかしく思いながら、妹達は成り行きを見つめる。姉の幸せは、帝国ではなくここにあるのではないだろうか。

（貴族や王族が幸せになってはいけない法など無いのに）

（お姉様は真面目で、王族として自分にできることを担わねばという気持ちが強い人だったから……せめて幸せになって欲しいのに）

「お姉様、お姉様は既に多すぎる程の事を成し遂げたわ」

「私達も、立派になったでしょう？」

「マーデ？」

「私は、ナイアード人には珍しく身体を動かす事は苦手だし、頭もそれなりだけれど、お姉様のお店を管理する内に商才に長けていると分かったわ」

「ユリシア？」

「私は、その逆でナイアード人らしいと比喩される程、剣や体術、舞ばかりだったけれど……今は騎士団をまとめる騎士団長としてお父様にも認められて、お姉様から預かった第三騎士団もちゃんとまとめているわ」

イザベラは二人が何を言いたいのか分からず首を傾げた。

「もう！　お姉様ったら鈍いわ！」

「私達だって成長したのよ。お兄様やお姉様のようにはいかないけれど、少しずつお父様にだって認めて貰っているわ」

「だからもう、何でもかんでも一人で頑張る必要はないの」

「元よりここにあったでしょう？　お姉様の幸せは……」

「戻って来て、お姉様……もうライネルは脆いわ」

「お父様も、お姉様の墓をあそこに建てるつもりはないわよ」

あまりに真剣にそう言ったユリシアとマーデラに思わず頷いてしまったイザベラは、慌てて言葉を紡ぐ。

「ありがとう、ふたりとも。ちゃんと考えはあるわ」

そして、涙が出ないように、目を細めて微笑んだ。

＊　＊　＊

かつて大陸一の大帝国で、全国統一に一番近いとも言われたライネル帝国は、今や中身のないハリボテの国となっていた。

王宮で悪事を働いていた大臣達を一掃したおかげで、なんとか国としての形を維持しているものの、情勢は整っているとは言えなかった。

唯一の希望であった皇后は心身の休養という名目で故郷のナイアードへと帰省中、彼女が帰ってから、もうすぐ一年、季節が一周しようとしていた。

ライネルの情勢は日々衰退していく一方だ。

「ユゼフ、メリダの様子は？」

「はい。幽閉中ですので大人しくしております」

「……サラとテリーヌはどうしている？」

「サラ妃とテリーヌ妃は仲睦まじい様子です」

後宮に残った者は三人。

幽閉されているメリダを除けば、サラとテリーヌだけであった。

国内の一掃によって父や親族が投獄され段々と立場を悪くした他二人は、しがらみや人々の視線に耐えられず城を去った。

テリーヌに至っては、ローレンスやライネル帝国に興味や情を示している訳ではなく、イザベラの帰りを忠犬のようにただ待っているだけだ。

そして同じく父の投獄を受けたはずのサラは気丈に振る舞い、テリーヌと共にイザベラの代わりにできる仕事を率先して行った。

その健気な姿が下の者達の支持を得ている。

「ローレンス、最近のお前は本当に変わったよ。けど、頼むよ。メリダ妃の事は駄目だ、そのままではイザベラ陛下はいずれライネルを捨てておく……」

急にしおらしくなったメリダの弱々しい姿に絆され、ローレンスが時たまこっそり彼女の宮を訪れているのは皆が知っていた。ここまで来ると、彼のメリダへの依存は病的ともいえるほどのものだったと思わざるを得ない。

最初は互いに言葉を交わさぬと誓い宮を訪れたが、今では会話はもちろん色事までも行っていた。

イザベラを失ったローレンスはこの国と同じで表面上、業務上はとても成長したかに思えたが、その精神は脆く、今にもメリダの魔の手がすぐそこに迫って来ていることを自分で気づいていないようだった。

そして、ユゼフが何度諭しても、怒鳴っても、ローレンスはメリダに関することだけは変わりはしなかった。

「また、お忍びですか？」

とうとう、ユゼフが折れた。

もう、彼に期待などしていなかった。

ただ彼を正せない自分の無能さを嘆いた。

この頃になるとユゼフは、幼い頃より親友だった彼との貧しい日々や戦地での事を毎日のように思い出していた。

彼が王族だと知らずに、彼とスラム街で生活をする日々。

ただ食べる事に必死で、指名手配書を片手に賞金稼ぎをした。

それを繰り返す内に自然と傭兵になり、騎士になり戦地へと赴いた。

愛国心では無かった。ただ給金に惹かれただけ。

いつか自分の子を持つときに、パンをお腹いっぱい食べさせてやれるようにと……

二人で手柄を上げ続ける内に、ローレンスの身の上が明かされ彼は騎士団長になった。

そんな彼に率いられたユゼフ達も、ローレンスが皇帝になると同時に公爵位、侯爵位、騎士団長への就任と、仲間たちはそれぞれに手柄の分だけの褒美と身分を持った。

それでも、ユゼフは名ばかりの公爵。

親友の影としてそれなりに仕事をしてきたつもりだったが、ライネルに帰るたび、妃は増え、悪い噂は絶えず、しまいには一年前の事件が起きた。

正直、未だに小難しい政治の話は分からないが、今の彼の行動が国を破滅に導く行為だということくらいは理解できる。

それにもかかわらず、助言を聞き流す彼に、これ以上希望を持つことは出来なかった。

「そう嫌そうな顔をするな。お前が皇后に心酔しているのは分かっている。が……メリダをどうも放っておけなくてな。長い付き合いであんな姿は初めて見た」

「はぁ……せめて、お前と心中するよ。これじゃ結婚なんて無理だな」

「何を訳の分からん事を……ライネルは持ち直している所だ。それに家族はお前の夢だろう」

「持ち直してる……か。だがカビは表面上キレイにしても根本が残るとまた生えるだろ？　俺はお前と結婚したと思うことにするよ」

眉尻を下げて笑ったユゼフは、どこか諦めたような、寂しい笑みだった。ローレンスの目が曇っていなければ、それは自責からくるものだと分かったことだろう。

「ユゼフ……？」

「俺たちは感謝してるよ、名ばかりでも金はある。パンも肉も食えたし家族を持てた者もいる。それに一緒に育ったお前がやっぱり好きで、大事だから」

自滅し落ちてゆくローレンスや、それを止められない無力な自分に苛立ちながらも、彼から離れる選択肢を持てないユゼフだからこそ、これ以上ローレンスを責める事が出来なかった。

悪女だと分かっていて初恋の女性から離れられない彼と、愚王と分かっていて親友から離れられない自分は、似た者同士だ。

「何を言い出すかと思えば……そうだな、私の家族はいつもすぐ側にいた」

「任務のたびに俺のこと忘れてたくせに」

「忘れていた訳ではない、ただ」

ローレンスはふと何かを思い出して笑った。

「何故かメリダはいつも逃げ道をくれてな」

「逃げ道ねぇ……俺はどうせ不恰好なら退路を断つように追い込まれた戦い方をするイザベラ陛下の方が好きだけどな」

退路を断ち敵に向かう、あの頃の自分達のようだと思った。

ローレンスも少しは同じことを思い出したのでは無いかとも……

「皇帝陛下！　皇帝陛下！」

年老いた執事が真っ青な顔でローレンスを探す声がする。

「なんだ！　何があった？」

「めっ、メリダ様がご懐妊されました！」

石化したかのように黙り込んだローレンスを見て、ユゼフは目の前が真っ白になるような感覚がした。

メリダの懐妊は皇宮医によると事実らしく、「ごめんなさい、ごめんなさい」と泣きながら謝る彼女にどう接していいのか分からずにローレンスはただたじろいだ。

「何への謝罪でしょうか？　小芝居はおやめ下さい」

「ユゼフ！」

「陛下、惑わされてはなりません。これは延命の手段、どの国でもよく使われます。念願だとは承知ですが……どうかお気を確かに！」

「少し、出ていてくれ」

宮の外へ出たユゼフは物思いに耽る。

きっともう、ローレンスは引き返せない。

失望の中でばったり会ったのはサラと、テリーヌだった。

「会えぬ事は承知です。ただ確かめに参りました」

テリーヌは怒りを含んだ目でユゼフに伝えた。

一方、勇気を振り絞るように震える声で確かな怒りをぶつけたのはサラであった。

「こ、皇后陛下には弟妹達もお世話になっております。廃妃の噂が流れ始めていて……陛下のご意思を確認したく参りました」

「事実無根です。皇后陛下に見限られる事はあっても、こちらからの廃妃などあり得ません！」

ユゼフから出た揺れた声に二人は軽く目を見開く。

「貴方は……陛下の最も忠実な部下だと聞いていたけれど」

「そ、その言葉はまるで――」

「はい、部下であり友でもあります。畏れ多くも、俺にとって陛下は家族同然です」

二人の妃はこれまで、ユゼフを名ばかりの無能な部下だと認識していた。

影として、たった数人を率いて、国の防衛や、盗賊や海賊などの一掃を担っている部隊の隊長だとは思いもしなかった。

ユゼフがこの局面にいたって尚、完璧に隠し通していたからだ。

だからこそ、ただのローレンスの腰巾着であろうと返ってくるありきたりな返事までも予想し対策を立てていたため、全く違うユゼフの様子に毒気を抜かれる。

「そう……」

そのタイミングで、メリダとローレンスが宮の外に出て来た。

「サラ、テリーヌ!?」

「皇帝陛下にお目にかかります」

ユゼフは盲目的な今のローレンスに考え無しに向かっていっては不利だと、二人に目で合図をしてから助け舟を出す。

「お二人は、陛下を心配されて来られたようです」

「ええ、そうなんです。何かあったのでしょうか？」

「いや、何でもない。何か耳に入った場合は、吹聴せず心に留めておいてくれ」

そのまま去るローレンスを見送るメリダの少し腫れた目はニタリと細められており、サラはゾクリと背を震わせた。


しばらく、皇宮だけではなくライネルの貴族達全員が騒がしく日々を過ごしていた。

摘発により飛び火を恐れ身を潜めたメリダ派の貴族達が、唯一のローレンスの子を身籠ったメリダを担ぎ出したのだ。

罪人ではあるが、実質その扱いはただの幽閉であり、子を宿す行為を皇帝としているという事実は彼女を返り咲せる理由には充分でもあったからだ。

けれど執務室で項垂れるローレンスは力無くユゼフを見た。

「ユゼフ……私は何て事を……」

「ローレンス、子に継承権は与えないと宣言し、彼女は本来の刑を受けるべきだ」

「……何故かナイアードを敵視する者まで出て来た。皇后が連れ去られたなどと言う者はまだましで、皇后がスパイだとも……」

ほんの数週間、まだ一ヶ月も経っていないというのに、メリダ派は手に負えぬほど次々と不穏な動きを見せた。

それにいち早く気付いたのはユゼフとテリーヌであった。

テリーヌの側に置いてあるナイアードの者も勿論その動きには気づいており、イザベラへと報告済みであったようで、テリーヌが送った手紙の返事には、丁寧に「大丈夫よ。けれど心の準備を」と綴ってあった。

「どうやら、多くの武器や傭兵が動いているようですね」

「なけなしの金を振り絞って、メリダを持ち上げるか……」

「わ、私は何をすればっ」

テリーヌ、ユゼフ、サラは密かに思案したがイザベラの余裕の訳も、メリダの陰謀も計りきれず、不安を拭えぬまま自らのできる準備だけをして、さらに数日の時を過ごした。

「大変だっ！　ナイアードの者に陛下が襲撃を受けた!!」

「追え！　捕らえろ!!」

そんな声が城に響いたある晩、ユゼフはすぐさまローレンスの部屋に入って彼の無事を確認した。

「いくら腑抜けたって、お前が刺客如きにやられる訳がないよな……」

ほっとしたように言ったユゼフに、いつもなら突っかかってくるはずのローレンスはただぼうっと傷ついたような顔をしていた。

口にこそ出さなかった、否、出せなかったが逃げた犯人はナイアードにしては軟弱すぎた。

（では誰が？　まさか、そんな……）

「おいローレンス！　誰が来た？　どこの手の者にやられたんだ？」

返事はない。

視線すら向けられない。

ローレンスの様子にユゼフは軽く舌打ちして、「やってろ！」と言い捨てると部屋を飛び出て部下に「陛下をお守りしろ。深追いするな」と命じ、人目のつかぬ所で崩れるようにしゃがみ込んで地面を思いっきり殴った。

「――くそっ！　お前は誰だよ！　どうやったらあれ程の輝きを失えるんだ！　ローレンス……っ！」

イザベラもメリダも信用できず、ユゼフや側妃達にも距離を置かれたローレンスが抜け殻のようになっている隙に『彼女』は動いた。

「メリダ妃が襲撃を……!!」

「またもや、ナイアードです！」

今度は簡単に捕らえられ、すぐさま「メリダとお腹の子を殺すようにナイアードから命じられた」と謳った。

（違う。イザベラ様に動機がない。何かがおかしい……）

だが、ユゼフやローレンスの反対を無視する形でライネルの一部の者たちが「ナイアードを討ち取れ!!」と奮起したのはすぐだった。

「奪われた皇后陛下を取り戻せ！」

「皇帝陛下を襲うとは！　ライネルの力をみせてやれ！」

「ナイアードをつぶせ！」

　上手くまとめあげられ、残った皇宮の軍にも止めることができない捨て身かつ尋常ではない精神の盛り上がりを見せていた。

　不意を突かれたローレンスは、ナイアードに攻め入ると憤る軍勢が門を抜けるのを取り逃す形となり、後ろから追う形でナイアードへと軍を進める事になった。

「ローレンス！　お願いよ！　私も連れていって！」

「だめだメリダ。そなたはここから出られぬ」

「逃げようならば、子どももろとも殺していいから！」

「だめだ！」

「お願い！　私なら、一部の軍を抑える事ができるわ！」

　確かにメリダを担ぎ上げる者達が軍を出し主導した連合軍である為、その可能性は高かった。

　だが、メリダは決してその為に志願した訳ではなく、無様に崩れ落ちるナイアードと、イザベラをその目で見物したかったのだ。

　ただ、自分の逆恨みを晴らす為だけに……

　その願いは決して叶わないものだと、すぐに思い知ることになる。

ローレンス達皇宮軍が暴走したライネル軍に追いついたのは、大陸側からするとナイアードに上陸するための足掛かりとなり、ナイアード側からすると本土に火種を持ち込まれないための最終防衛ラインとなる、島に上陸してからであった。

誰も居ない街に、導くように灯る街灯。

それを辿るとまるで誘導しているかのように門が開いており、不自然な程広い庭というには些か殺風景な広間があった。

どうやら既に船を付ける際にいくらか沈められるたようで、ライネルを出た時よりも少し減っている軍勢は、陣を張り、どうやって奥にある城の入り口の門へ進むかを思案しているようだった。

すると小さな鉄門が開く物音が鳴り、軍勢が見上げた先にいたのは……ほんの数人だった。

その場に現れたナイアードの戦士は嘲笑うほど少数であったのだ。

「はっ！　ナイアードのような田舎には戦う兵もいないらしい！」

「ははは‼　なんてマヌケ………」

言い終わることも許されず、次々と気絶していく兵達。寄せ集めと言えど訓練された傭兵も沢山居るはず……

ユゼフとローレンスは目の前の光景に息を呑む。

何が起きているのかと大きな声でキーキーと騒ぐメリダの耳障りな声に眉を顰《ひそ》めつつ、ユゼフは告げた。

「やはり、ライネルを襲ったのはナイアードではありません」

「あぁ、私も確信した」

一兵士にしては強すぎた。

もし、彼らがローレンスやメリダを狙うのだとしたら、誰にも知られずに一息に殺す事など容易いことであった筈。

だとすれば……これは全てメリダ派の仕組んだこと。

ナイアードとの決裂と皇后の失墜を目論んでの策であったと、ローレンスは頭の中で否定してきた答えを、遅きに失しながらもようやく確信に変えた。

「全員引き上げよ！　侵攻を許可した覚えはない！　皇命に反くものは処刑とする！」

ローレンスの声は届いている。

だがもう戦いは始まってしまった。

その声に耳を貸すものはおらず、「皇后を取り戻せ」「皇帝陛下をお守りしろ！」などと好き勝手な大義名分を掲げ、ほんの数人の戦士に大群が群がった。

「そこまで！」

二つの人影が舞い降りて、聞き慣れた凛とした心地よい声がローレンスとユゼフの耳を通り抜けた。

軍勢の殆どが見惚れてその光景に一瞬目を奪われたが、すぐに警戒するように剣を構え直す。

けれど、その声の人物に驚きの声を上げた。

「あ、あれは！」

「皇后陛下だ！」

「隣は誰だ？」

「確か……」

ローレンスは苦い顔をして呟いた。イザベラと並んだ姿があまりにも似合う、黒髪の美丈夫。

「キリアン……」

唐突に、キリアンが地面に剣で一本の線を引いた。

「これより前に出た者は攻撃対象とする。命が惜しければ立ち去れ」

そしてイザベラが静かに続ける。

「皇帝陛下……このような形でお会いするとは思いませんでした」

「イザベラ……！　違うんだっ！」

すると一人の伝令兵が血相を変えてローレンスへと叫ぶように伝えた。

「陛下が出られてすぐ、ライネルはサラ妃の故郷トゥーリア国とテリーヌ妃の故郷、サファエラ国の連合軍によって包囲されました!!」

「なんだと⁉」

「ライネルは、すぐにでも陥せると……そう、『イザベラ陛下に』お伝えするようにとサラ妃とテリーヌ妃より申し受けました！」

メリダはふらりと体制を崩して、馬車の中で崩れ落ちる。

「あ、あの女っ！　せっかく上手く行くはずだったのに……」

「メリダ妃！」

彼女の護衛が叫ぶ声が聞こえると、ローレンスはすぐに駆け寄り労るように寄り添う。

まるでそれが合図かのように、メリダ派の軍勢は声を上げてキリアンとイザベラ、数名の戦士にかかって行った。

「皇后……っ！　皆やめろ！　イザベラがいる！」

ローレンスの叫びも虚しく止まる事のない軍勢は、彼の心配を他所に次々と薙ぎ倒されて行った。

そして、その中には舞うように戦うイザベラの姿もあった。

「皆、命を奪わぬように！　全員捕らえて！」

「ベラ、背中は頼んだよ！」

「任せて！　加減を間違えないでね、キリアン」

背を預け戦う二人の姿は、お互いへの信頼を感じた。

ローレンスは思わずメリダの肩を支える手に力をこめる。

「痛！」

「っ！　すまないメリダ、腹の子には……！」

「大丈夫よ。やっぱり皇后陛下はライネルの敵だったのよ……この子を狙って」

「ちが……」

「違います」

ローレンスの言葉を遮ったのはユゼフの力強い言葉だった。

「それが事実なら、貴女も、陛下も、もう生きてはいません。それに、テリーヌ様より貴女の目論見はイザベラ様に伝わっております」

ローレンスは腑に落ちた。

街に人が居ないのは先に避難しているから。

無駄な犠牲を出さぬように戦う場所を決めて誘い込み、自らが餌としてこの場に舞い立つところまでもがイザベラの作戦であると。

自ら戦闘に立つなどナイアードの王族らしいとも思った。

そして、ナイアードの圧倒的な強さがあるからこそ、ライネルのこの愚かな兵達は命を取られず、この戦場で捕らえられるだけで済んでいること。

ローレンスがメリダの策に振り回されている間に、彼にとって初めての子を捨てきれずに悩んでいる間に、彼女はライネルとナイアード両方の罪なき国民を一人でも救う為に策を練っていたのだと気付く。

そして、その瞬間全てが鮮明になる。

「メリダ、そなたまさか……」

すると、大きな鷹が二羽、上空を舞い、くるりと巻かれた書物をイザベラとキリアンに一通ずつ渡した。

一つはナイアードを包囲しているテリーヌとサラを筆頭にしたイザベラ派から、前回逃げたはずのナイアードの刺客を捕らえ、ライネルの末端貴族であったと自白させたという報告。

もう一つはナイアード城内、ファラエルよりキリアンへ。

鎮圧後、元凶を討ち取り持ち帰れとの伝令であった。

「キリが無いわね……時間を稼いでいる間にテリーヌ達が証拠を手にしたわ。これで完璧に同盟国法の違反が証明される」

「じゃあこっちも頃合いだな。『兵の希望を討ち取れ』とファラエル様より命が降りた」

イザベラはその言葉を受け、「どっち？」と顔を顰《しか》めた。

「皇帝陛下は生捕りに」

「では、メリダを？」

その間にもファラエルによって城内から増員された戦士達によって簡単に鎮圧され、ライネルの軍は戦意喪失していた。

残るは、ローレンスと共にきた近衛兵のみとなり、彼らが降伏するように道を開け出来たローレンスまでの道をイザベラとキリアンは真っ直ぐに歩いた。

メリダの策にまんまとのせられ、心底傷ついた様子のローレンスと怒りで癇癪を起こすメリダ。

盲目なまでに愛したメリダの今の様子に落胆する反面、自分の血の通った罪なき命を恨むことも切り捨てることも出来ず、目の前の惨劇を止めることすら出来ない。

皇帝とは名ばかりで、玉座に座っていたのは自分ではなくこのヒステリックな金切声を上げるメリダだったのではないかと思うほどに、ローレンスは力なき皇帝であった。

(腹の子だけは……)

イザベラなら、罪なき命を許してくれるだろうか？

果たして今目の前に歩いてくる彼女はライネルの皇后なのか？

それとも、ナイアードの姫君なのか？

ローレンスはユゼフが自分を呼ぶ声も聞こえぬ程様々な思考が頭を巡っていた。

「……ス、ローレンスっ！」

何度目かの声に我に返ったローレンスは、少し距離を開いた正面に、ナイアードの戦士を率いたイザベラとそれをエスコートするキリアンが立ち止まっている事にやっと気付いた。

そんなローレンスの様子に、イザベラは内心、虚無感に苛まれていた。

彼がどんな人であっても、夫として、王として自らの光で輝く人に成長して欲しかった。人々を導く王の形が、共に成長していく未熟な王であっても良い。

ただ、己の正義を貫き通す強さを求めてほしかった。

それなのに、彼は隣の女性のほんのちっぽけな欲望に振り回され、王としての資質だけでなく、自らの長所や築き上げてきたものまで、投げ捨ててしまった。

「ローレンス、きっと貴方は、今も妻である私達や、国民ではなく、その罪人や自分自身の為だけに頭を巡らせているでしょう」

「私が罪人ですって⁉　私はアンタと違って陛下の子を身籠ったわ！　口の聞き方に気をつけなさい！」

「お前が罪人である事は消えない。証拠も揃っている。ファラエル王はナイアード侵攻の主犯者としてお前の首を御所望だ。それでこの戦いは終わる」

キリアンに宣告されたメリダは、彼を怯えた目で見て、ローレンスの後ろに隠れるように下がった。

「陛下、自らの意思で反逆者を差し出せば、同盟は失っても、ライネルと捕らえた者達だけは救われます」

「だが……」

「何を迷うことが？　王としてライネルを守るべきではないのですか？　あぁ、お腹の子の事なら、なぜ私に隠しているのか知りませんが、もう聞いております」

その言葉にローレンスはハッとしてユゼフを見た。

彼は本来なら、ローレンスの意志に従ってメリダかローレンスを守るように立っている筈だ。しかし、今はまるでイザベラを主君としているように、彼女の前に膝をつき剣を地面に突き刺して頭を下げている。

「ユゼフお疲れ様。貴方の願いを叶えてあげられるかは陛下次第でもあるけれど、それでもいいかしら？」

「……承知しております。既に誓いは立てました。未熟ながら私、ユゼフ・ティツィラードは祖国での爵位の返上と、皇后陛下改め、イザベラ様への忠誠を誓います」

「では、任せましたよ。ローレンス、貴方との離縁の準備は整っています。この侵攻が決め手となり逃れる術はありません」

「……イザベラっ！　私は、そなたをちゃんと愛している！　だから子の事は言えなかった、頼む側に居てくれ……」

メリダを守るように腕に抱いたまま自分への愛を掲げる目の前の男にイザベラはため息を吐いた。

「この後に及んで……」

キリアンが呆れたように言ってイザベラの腰を引き寄せる。

ただ呆れた風を装っているが彼の怒りは周囲にひしひしと伝わってきた。

「ちょっと、キリアン」

「まだ意地を張るのかベラ？　どのみち離縁が覆る筈がない」

「だからって……！」

「ベラが頬を染めるのは俺にだけだ、もう皆知ってる」

キリアンは見せつけるようにイザベラに深く口付けた。

ローレンスは額に青筋を立てて怒鳴る。

「お前っ‼　私の妻に何を……っ‼」

「おっと、お腹の子に大声は良くない。それにもうベラはお前の妻ではないしお前も王ではいられない」

「なんだと⁉」

イザベラが哀しげな表情を向ける。

それも、キリアンの前だからだろう。

ライネルの者は誰も、彼女が表情を崩すところを見た事がなかった。

だからこれ程に表情豊かな人だとは、誰も今まで知らなかった。

「ライネルにはお兄様が向かっています。メリダ、貴女が強行手段に出た事によって離縁もライネルを陥すのも手っ取り早く済みました」

「五月蝿《うるさ》いわね！　どういうことよ!?　ちゃんと言いなさいよ！」

「メリダ……ライネルはナイアードの手に落ちた。周辺国でライネルに手を貸す者はいないという事だ」

ローレンスが力無くそう言い、イザベラに懇願する。

「イザベラ、子に罪は無い。どうか頼む……！」

「……なりません」

罪なき命を見捨てることはイザベラにとっても辛い選択であった。

だが、ローレンスの血を残せばやがて火種となるだろう。

ファラエルはそれを許す程生ぬるい人では無かった。

「ローレンス、もうやめてくれ……っ」

理解しても尚、顔面蒼白となったメリダを庇うように支えるローレンスを払い除け、メリダを剣で貫いたのはユゼフであった。

「ユゼフ！　お前、何故!?」

「あ……アンタ、呆れた、わ……ね」

「イザベラ様、ローレンス、まだ言っていない事がある」

ユゼフはまっすぐにメリダを見たまま剣を抜いた。

「宮医も、侍女もグルだ。子などいない……とんだ名芝居だよ。俺もさっき気付いた」

「……っは！　アンタ、ただの腰巾着じゃ無かったのね……油断した、わ」

ローレンスは呆然と崩れ落ちる。

イザベラは悲しそうに目を伏せ、もうこれ以上は見ていられないというようにキリアンの肩に顔を埋めた。

「ローレンス、俺がイザベラ様にお願いしたのは一つだけ、お前の命だ。例えこの醜い女に子がいようとこうするつもりだった」

「メリダ……っ、イザベラ……!!」

「ローレンス、言っておきますが……貴方の愛は要りません」

「――っ」

とうとう地面に肘をついて蹲ったローレンスと重体のメリダを捕らえ、戦いは閉幕することとなった。

「イザベラ様……」

「心配ありません。ここは、攻め入る敵を迎え撃つ為に作られた広間です。国民は腕の立つ者を付けて、何ヵ所かの建物に避難するように決めてあります。ユゼフは私達と共にお父様の所へ。それぞれ処遇はその後に……」

「イザベラ様……っ！」

ふらりとどこかへ向かおうとするイザベラ。確実に彼女の心労は募っていた。

ユゼフが心配そうに追おうとしたところでキリアンが制止する。

「ユゼフいい。俺が」

イザベラはファラエルに似て、善悪がはっきりとしている上に決断にも迷いなく任務の遂行も的確だったが、本来心優しい性格。

縁を持てば、信じて守ろうとする彼女の義理堅い性格をキリアンはよく知っていた。

なので、目の前の彼女が元とはいえ夫を自分こそが追い込んだ事に傷ついている事も、こうなるまで何も出来なかった自分を責め続けるユゼフがこれ以上自分を責めぬように、自分の気持ちを悟られぬよう淡々と強い口調で皆に指示をしていることにも気付いていた。

「ベラ、大丈夫だ。もう終わったよ」

「キリアン、まだよ」

「お前はちゃんと帝国を守ったよ。無くしたモノを追うな、残ったモノを数えろ……手に入れたものもあるはずだ」

そう言われてイザベラが最初に思い出すのは、一度正気を取り戻したローレンスの、はにかむような笑顔だった。

イザベラの幸せを考え、国民の幸せを考え、前を向こうとしていた少年のような顔。

だが、遅かれ早かれ彼は、メリダの洗脳という毒に犯され続け、こうなる事が決まっていたのだ。

「ごめんなさい……本当にさようなら」

キリアンの温かい手を感じながら、ユゼフやテリーヌやサラ、あの老いた執事を思い浮かべる。

ヴィンセント、ファラエル、母に妹達、ナイアードの人々、ライネルの人々……

そして、本当に初めて見た時のローレンスを浮かべた。

任務で訪れた戦地で、数名の者達を引き連れて戦うアイスブルーの髪とその時の瞳の輝きを。

功績よりも勝利よりも仲間の生存を優先するその姿は、イザベラにとって強いとは言い難かったが、胸を打たれるものがあった。

決してナイアードのような強さは無くても、満身創痍で仲間を庇い、軍勢に立ち向かうあの青年になら、あの輝く瞳の青年になら、賭けてもいいと思ったからだ。

だが……数年ぶりに見た彼は風変わりしていた。

その曇った瞳を決して愛したことは無かったが、いつか輝きを取り戻すのではないかと、穏やかなライネルの国民を守る彼を想像していた。

(力及ばずね……私は戦に勝ったけれど、メリダに負けたのね)

「また、何か考えているだろ。ベラは背負いすぎだよ」

ふとキリアンを見上げて、変わらぬどころか、昔よりも深みと光の強さを増すばかりの瞳に

ほっとする。

イザベラはただ黙って彼の肩に頭を預けた。


後日、ローレンスは簡易的な治療のみを施されたメリダと共に錠をかけられ、イザベラとキリアンの後ろを歩いていた。

後ろからはユゼフが歩いて来ている。

イザベラがそのユゼフに声を掛けた。

「ユゼフ、お父様は決して甘い人ではないわ。油断しないで」

「妬けるなぁベラ。えらく世話を焼くその者はお気に入りなのか？」

「そんなんじゃないわ」

「分かってるよ、君が周りの人間を大切にする事は」

今から彼らの命がナイアード王に委ねられる事を感じさせないほど、前を歩くキリアンは甘い顔でイザベラを甘やかすようにしてエスコートしている。

妻だったはずのイザベラのあのような表情をローレンスは見た事がなく、自分がまともな王であれば彼女はあのように自分に恋をしたのかと、ふと頭をよぎったが、それどころではないと頭を振った。

メリダが彼についた嘘は許せるものではなかったが、息を切らし今にも倒れそうな彼女を見ると少し心が痛くなる。

しばらくすると金地に刻印が施され、ルビーや、サファイア、エメラルドと色とりどりの宝石が芸術的に埋め込まれた大きな扉が見え、悪戯を思いついたような顔をしたキリアンがユゼフに、「開けてみる？　ベラの家臣になるならまずはここからだね」と、扉を指差し彼を振り返った。

「……？　はい」

訳が分からず扉の前に立つユゼフは扉を開こうとするが、びくともしない。

「……鍵が、かかっているのでしょうか？」

「いや、ユゼフの力が足りないだけだよ。ベラの部屋も、王宮のどの部屋も似たようなもんだよ」

「……！　精進いたします！」

ユゼフも、後ろのローレンスもまた驚いたような顔をしたがメリダは、青い顔色のままどうでも良さそうに睨みつけた。

内心では力比べをするナイアードなど野蛮だと蔑んでいた。

キリアンは少しだけ眉尻を下げて微笑んだだけだった。

「どうかな、じゃあ行こう」

軽々とイザベラの手と重ねていない方の手だけで扉を開けたキリアンに驚いたが、もう片方の扉をイザベラもまた空いている方の手だけで開いた事には更に驚愕した。

全員、王座の前まで歩き進めると膝をついて礼をとる。

「キリアン遅かったな。遊んでいたのか？」

「いいえ。思ったよりもかかってしまいました。申し訳ありません」

「冗談だ、大体想像がつく。イザベラは優しいからな」

「お父様、遅くなってしまって申し訳ありません」

「いい。血が流れんと始末が楽だ」

その会話に、残りの三人は此処が、戦で成り上がってきたナイアードなのだと思い知らされる。

「……久しぶりだな。ローレンス殿」

ファラエルはその鋭い視線を、メリダ、そしてローレンスへと向けて言った。

「はい」

「まぁ、粗方お前達の処遇は決めてある」

その場の空気がさらに緊迫したものへと変わり、皆がファラエルの言葉を待った。

「まず、そこの女。お前はライネルにて公開処刑とする」

「ひっ！　……ご、ご慈悲をっ、どうか……なんで、私が！」

「今すぐ殺されたいのか？」

ファラエルの言葉にメリダはガクガクと震え、汗で額に髪が張り付いた。

涙を流して許しを乞う姿は初めてみる彼女の姿だった。

(ふん、大した事ないな。イザベラなら、辱められるくらいならその場で舌を噛んで死ぬだろう。まぁまずこのような愚かな真似はせんが……)

ファラエルは内心でメリダを罵倒したが、その表情には出さずに、イザベラの方を見た。

「お父様、私のお願いは……」

「あぁ、分かっている。ユゼフ、イザベラからの頼みでな、お前の『家族』は奪わないと約束した」

「！」

「お前は名だけの力ない公爵であったな。ここでは伯爵位と護衛騎士の職を与える。だが、発言力も力もない祖国での爵位とは訳が違う。自分の言動に責任と自覚を持つように」

「……有り難き幸せ。勿体なきお言葉にございます。肝に銘じます」

「ありがとうございます、お父様」

「ローレンス・ライネル。お前は名を捨て、イザベラの建てた孤児院で騎士を志願する子供達に剣を教えるんだ」

「私は……っ！」

「生きなさい。ローレンス」

そう言ってローレンスを強い眼差しで見たのはイザベラだった。

「身を隠し、名を捨てて生きる必要はあるけれど、争いの火種になりかねない貴方を、家族だと言う人が命を賭けて救った大切な命なの」

普段は均衡を保ち平和を装っていても、乱世である事には違いなく、争いが起きれば地図から国が一つ消えることも珍しくはない時代。

実質、ライネルはナイアードに摂られる形となった。

唯一の直系王族であるローレンスは同盟を反故にし攻め入ったとされ、投獄された後に処刑されたと公表されたが、ひそかにイザベラの建てたナイアードの奥にある孤児院で、子供達の護衛と世話をしながら剣を教えて暮らす事となった。

メリダは処刑の日までをナイアードの地下牢で過ごす事となり、ユゼフは朝はイザベラに座学を教わり、午後は力不足を補う為に騎士団へと預けられることに決まった。

前もって根回ししてあったイザベラとローレンスの離縁は必然的に認められ、イザベラはライネルではなく元の性を名乗る事となったのだった。

生かさず殺さずこれからを過ごせというある意味生き地獄ともいえる罰をローレンスは、俯き静かに聞く。

ユゼフと目が合えば、彼に救われた命を感謝して全うする他の選択肢は浮かばなかった。

彼の、家族だという言葉が頭をこだました。

ファラエルが一通りを告げると、謁見の間を出てそれぞれ散り散りとなる。

短くため息をついて、一歩歩き出したイザベラを斜め後ろから引き留める、心地のいい声。

ゆっくり振り返ると珍しく緊張した面持ちのキリアンが居た。

「ベラ……全部終わったら話したい事があるんだ」

イザベラはゆっくりと頷いて、キリアンの手を取った。


そんなことがあった数日後、東の間の休息の時間。

イザベラ達が父と娘のゆるりとした久々のひと時を過ごしていると、キリアンが執務の用事でファラエルを訪ねた。

そして些細なきっかけから、キリアンとイザベラは向かい合っての言い合いを始める。

「だから、決して個人的な理由ではないと言っているでしょう！」

「じゃあ何故あのような中途半端な処置を！」

「ただ、約束したからよ。それに、教育が済めば彼が責任を持って管理を担当する手筈だわ！」

「お前にべったりなあの弱虫が、自ら喜んでローレンスと心中すると!?」

「ええ！　そう約束したわ。どの道、裁判が終わるまで時間があるでしょう！　メリダの処刑までもかなりあるわ。忠誠だけではだめなの、ちゃんと彼を使える人間に教育する必要があるだけよ！」

キリアンはローレンスやユゼフへの温情をよく思っていないようで、不服そうな態度を取り、しまいには売り言葉に買い言葉で言い合っているうちにユゼフやローレンスへの情で甘い処置を選んだのではとイザベラに詰め寄った。

イザベラもそう考えても仕方がないと理解しながらも、何故か意地になり言い返してしまっていた。

甘い処置だとは重々承知していたが、ライネルにおいてユゼフやテリーヌ、サラは、彼ら自身決して良い立ち位置とは言えなかったにも関わらず、イザベラの計画に精一杯尽力してくれ、慕ってくれていた。

勿論、届かぬ彼らの声をひとり拾い上げた皇后に彼らもまた救われたのだとも知っていたがそれでも苦しい場所で共に戦ってくれた数少ない仲間であった。

強行手段に出た以上、ローレンスを戦死という事にして、討ち取ったとみせかければ彼の処刑は正当化出来るし、メリダが兵を上げた主犯だと裁判で公表さえすれば全て簡単に済む話であった。

ライネルが掲げていた大陸の統一は、夢半ばに破れる事となったが……

ライネルの属国や同盟国より、勝利したナイアードへの親書が届いていた。

「無理を言った訳ではないわ！　ただ、テリーヌやサラ、ユゼフはもう私の部下なのよ？　ナイアードの人達と同じように大切にしてあげたかったの」

「……っ、責めたい訳じゃなかった。お前がライネルに情をかけるのではと少し不安になっただけだ」

「彼は、自分を責めているわ。ローレンスに対しても本当に大切に思っている。だから、彼はきちんと臣下として認められればあの山の孤児院を担当させるつもりよ。安心して、権利は私のままよ。彼は部下としての仕事に加えて、『自らの家族』の監視と報告という仕事が増えるだけよ」

「だが……」

そこで、ファラエルが唐突に笑い始める。

「陛下」

「お父様？」

「いやいや、まるで言い合う子供のようだなと思ってな。大陸にもライネルにも興味などなかったが、不本意だが、実質ライネルを摂ってしまえば統一はほぼナイアードの手中となるだろう。そうなればイザベラの願いなど些細な事、だがどの国にも民はついてくる」

ファラエルは、島国であるナイアードでは海を挟む不便があるとして、周辺国やナイアードの物となったライネルを管理する為、大陸にも拠点がいると考えていた。

「そうだな……全て綺麗になればライネルは、ディオネ公国と名付ける。イザベラを女大公としたいのだが……」

ファラエルは民を思うイザベラの心を理解していた。そして、彼女がその器であるとも信じている。

そもそも、自分自身は大陸や統一に等興味は無くこのナイアード国を大切にする事だけを考えていた。

ライネルを摂ったのは、あくまでイザベラの愛した側妃達や、国民達への温情であった。

「ハリボテでも守る盾が無くなれば、民は死ぬ。ただ、今度の盾がハリボテではなく我がナイアードとなっただけ。皆の愛したお前が治めるのが適任だろう」

「お父様……そんなことを考えていたのね」

「ああ。お前が愛したものが無ければ、ライネルなどとるに足りん国。更地にしても良かったのだがな」

心底面倒な顔をしてそう言ったファラエルに、イザベラは思わず抱きついて小さな声で言った。

「罪なき民を、テリーヌを、サラを、ユゼフを、私を……救ってくれてありがとうお父様」

「……まぁライネルを摂ると言ったのは、そこの若造と愚息だがな。民が死ねばお前が悲しむと……、責任は自分が取るからお前の力になりたいと頭を下げよってな」

「えっ、キリアン……？」

「お前の大切なものごと全部持ってきたくて。もちろんここが一番の前提で。新しくできた宝物もお前の一部としてちゃんと帰って来て欲しかった」

「そんな、私……っ、ありがとう！」

「いや、陛下が首を縦に振らなければ叶わない話だった。それにヴィンセント殿下が……」

「お兄様が？」

「〝ナイアードの国民も増えて、狭くなってきたし……とりあえずあの辺でいいんじゃない？〟と陛下を説得して下さったんだ」

その口調はとても軽やかであるが、その時のヴィンセントの目は決して笑っていなかった。

溺愛するベラを苦しめたローレンスもメリダも決して許す事は無い。

メリダはこれからの為に見せしめにもなるようにとライネルでの処刑を進言したが、ファラエルもそのつもりであったようですんなり裁判ではそう起訴すると返事をした。

だが、彼女の有罪は明らかであり。

ほぼ形だけの裁判。

準備は着々と進んでいた。

ローレンスに関しても有罪は明らかであるが、イザベラの約束がある為に死よりも苦しんで生きればいいとヴィンセントはあの手この手を考えていた。

手始めに、ローレンスが有罪となれば共に命を落とすだろう弟妹達は彼の手で処す事になるだろう。

「ああ、アイツは変わってるよ。短気な癖に穏やかに見えるが腹の底が暗くて見えん」

ファラエルは神妙な顔つきで言うと、シッシと手を振ってキリアンとイザベラに「今から仕事がある、出ていけ」とまた面倒そうに言い追い出した。

そうして一人になった部屋で呟く。

「キリアンもさっさと掻っ攫えばいいものを嫉妬とは愛いものだ」

あっさりと追い出されて二人きりになったキリアンとイザベラは、とぼとぼと渡り廊下を歩いていた。

「ベラ」

ふと立ち止まったキリアンに手引かれると、キリアンは切なげに目を細めて、ポツリポツリと話し始める。

「ベラ、いつまででも待つつもりだった。けど俺もただの男のようだ……」

「なに、キリアン？」

「せめて返事は待つ。だがもう伝えずにはいられない」

イザベラはなんとなく、キリアンの気持ちが分かっていた。

自分の気持ちも勿論、彼の指摘した通りで頬を染め胸が高鳴り、声を聞くだけで安心できるのは彼だけだととっくにもう気付いている。

けれど、やるべき事が山積みである上に今の状況では手放しに彼の気持ちに喜んで飛び込める気持ちにはなれなかった。

「待って、キリアン」

「待てない。また誰かに攫われる前にちゃんと伝えておきたい」

「でも……」

「言った通り、ベラの答えはいつまでも待つ」

真っ直ぐな目でそう言ったキリアン自身もやるべき事やこれから起こる事を蔑《ないがし》ろにして、恋慕に溺れるつもりは毛頭無かった。

まず、イザベラとの関係はそのような浅い想いではないのだ。

ただ、もう叶わないと思っていたイザベラが目の前に居る。

言わなければ後悔するかもしれないという一心だった。

「俺たちはこれから訪れる全てのことを乗り越えて、成し遂げなければならない。今日みたいに時に幼い嫉妬や不安で言い合うことはあれど、お互い愛を一番の優先順位にできる立場ではないだろう……」

「では、尚更今ではないわキリアン」

「では、いつだ？　正解などない。もうお互い分かっていてもそれに溺れる俺達ではないだろう。今まで通りでいい。ただ知っておいて欲しい……」

それは、今も昔もこんなにも近く感じる彼から聞く初めてのはっきりとした表現だった。

イザベラは早まる心臓のあたりをぎゅっと握りしめて、少し潤んだ瞳を伏せて彼の言葉を待った。

「イザベラ・ディオネ。貴女を愛している。初めて出会ったときからずっと……ベラだけを愛してる。この後は全て終わった時に、俺が相応しい男だと思ったら伝える機会をくれ。これを……」

キリアンが取り出したのは、派手なナイアードでは珍しく上品に輝く婚約指輪だった。

「ベラがこれを受け入れる準備が出来たらその時は、これをつけて欲しい」

「キリアン……、分かったわ」

「常に知っていて欲しいんだ。ベラの隣には俺が居る。どんな時もベラの些細なことにも背を向けない味方が常にいるのだと。もう、一人にさせない」

「……ん」

抱きしめるキリアンの腕でイザベラは静かに涙をこぼした。

今までの想いや出来事を振り返るように、彼の優しさを噛み締めるように、泣くのは今日で最後だと、そう誓いながら静かに涙を流した。

決して強要された道では無かった、ただ限られた選択肢の中から、自ら選んだ道であった。

先見の明が無いといってしまえばそれまでだが、彼女にとってあの日戦場で見たローレンスはどんな強欲な王族達よりも輝いていた。

女性としての可愛げが無かったのか、それとも皇后としての資質が足りなかったのか、足りないものを探してはキリがない程自分を責めた。

国民を、自らを信じる人々を幸せに出来ていなかったと、
輝きを失う彼をただ見ていることしかできなかったと、
辛い立場にいる彼女達を、皇后として救える力を持てなかったと……

結局は、ライネルを捨て『ディオネ』としての力で全てを変えてしまう他無かったのだ。

そう自分を責め続けていた。

「私の、力不足だわ」

「……よく頑張ったよ」

イザベラは暫くキリアンの腕で涙が枯れるまで泣いた。

「もう、大丈夫なのか？」

「えぇ、ありがとう。」

しばらくして、恥ずかしそうに視線を逸らしてからチラリとキリアンを盗み見て言ったイザベラを愛おしそうに見つめてから、彼はふと顔を近づける。

思わず目を閉じたイザベラは想像していたのとは違う感触に目を開けた。

「なんだ、目など閉じて驚かせたか？　すまない」

キリアンはイザベラの頬に張り付いた髪をそっとよけてから、その耳にかけてやり乱れた髪

を整えただけだった。

「……なんでもないわ。ありがとう」

恥ずかしさで頬を染めるイザベラにくすりと笑って頭をぽんと撫でてから手を伸ばした。

「さぁ、行こう」

「ええ」

それはただ単に前に足を進めると言うには意味深な表情で、二人は頷き合ってからしっかりとした足取りで歩き出した。

(きっとこの先は選ぶのも躊躇するような選択ばかり、でも……)

(もうナイアードはたたの戦闘民族や小国ではなく大陸の多くの国の運命を背負ってしまった――)

「「進むしかないんだから、もう迷わずに行こう」」

二人の中にはもう迷いは無かった。

時には向かい合って、時には同じ方向を見据えて、きっと互いならばこの先も大丈夫だと思い合えたからだ。

「先日先んじて同盟を反故にした県で有罪とされ『処刑された』ローレンス王の弟妹たるライネルの王族、側妃でありながら本件の主犯であるメリダ・ライネル第二妃においては――」

長々と連ねられる罪状、それぞれ表情は複雑だ。

「…………以上の罪状にて有罪とする。そしてその刑の決定権は両国の王であるファラエル・ディオネ国王陛下にございます」

「陛下、ご決断を」

その場の誰もがファラエルを見つめ、彼の決断を待った。

一瞬の間を置いて、重々しく開いた口から出た言葉にある者は涙し、ある者は頷く。

「ライネルの血を断ち、メリダ・ライネルにおいては公開処刑とする」

けれど、誰一人として異論を唱える者はいなかった。

それは、ナイアードによる再調査の結果明らかとなった、彼女の行いに命を落とした人間や、人生を台無しにされた者が、想像以上に多すぎたからであった。

ましてやその影響は国民全体にすら及んでいる。

突如貧しくなって子を失った者、家を失った者……彼女の私腹を肥やしたお金でどれだけの人物が命を失ったのか……そして彼女が望む地位を手に入れる為の策略でどれだけの人間が使い捨ての駒のように殺されたのかを知ってしまったからであった。

静かに目を閉じたイザベラを支えるように肩を抱き、キリアンもそっと目を閉じてファラエルの言葉に耳を傾けていた。

ローレンスの弟妹達については、当初はただ兄の罪による連座の憂き目に遭った者達だと皆不憫そうに見つめたが、彼らの不服そうな言葉によってかき消される。

「あの無能な馬鹿兄貴の所為で殺されるなんて！　あんなヤツ関係ないよ！　ただ顔が良いから人気取りで王にしただけだ！　成人したらすぐに殺してやるつもりだったのに！　離せよ！」

「お兄様なんて知ったこっちゃないわ！　あの女の息子なんて使い捨てのつもりだったのに！無関係よ！　解放しなさい！」

あまりの醜態と、ローレンスへの同情で人々は左右に緩く首を振って視線を逸らす他なかった。

同盟を破ったことを筆頭に国際社会での駆け引きは後手に回り続け国を滅ぼしたも同然のローレンスだが、ナイアードとの戦争が終わってからの数年の内政はイザベラすら手放しで称賛していたほどの辣腕を振るっていたのも事実、若くして両親に先立たれ異母兄弟には家族とも思われていなかったローレンスの境遇に、愚王といえど人としては彼を不憫に思う者がほとんどだった。

ローレンスの行いにおける最大の被害者ともいえるイザベラですら、かつての彼の孤独を思えば、彼だけが悪いとは到底考えられなかった。

「母親が違うといえど弟妹なのに、寂しいわね……」

「俺はベラ達を愛しているよ」

「お兄様……、こんな時に」

「冗談じゃない、本気だよ。だからそんな顔しないで」

キリアンとは逆側の隣に居たヴィンセントがそう言う瞳は真剣で、彼自身何か思う事があるのか、イザベラと同じ色の瞳は哀しげに揺れていた。

「生きていれば、正解だけを選ぶ事は難しい。それでも、大切な物を掌から溢さないように必死に考えて、守るしかないんだ。特に、僕たちのような人間は、悩んでる間に指の隙間から取りこぼしてしまうものが他の者より多い……だから僕はこの結果も良かったと思ってるよ」

誰も傷つけずに解決する方法などどこにもなかった、ヴィンセントはまっすぐに前を向いて言い切る。

「父上にとっては不本意だろうが、これからはナイアードの時代がくる。ベラも、キリアンも覚悟しておきなさい」

ヴィンセントの言葉にキリアンはそっと頷いて、彼と同じように前を見た。

騒ぎ立てる二人とメリダを見つめながらそう言ったヴィンセントの心情の全ては汲み取れない。

しかし、イザベラは、兄もまた自分達とはまるで違う兄妹の末路に哀しみに似た感情を抱いているのだろうと感じて、そっと密かに彼の指先を握った。

後ろでその会話を聞いていたイザベラの二人の妹達は静かに涙を流して、これから背負う重圧の大きさに兄と姉の心の平穏をただ願った。

数日経って、先んじてメリダの処刑が行われることとなった。

彼女を飾っていた豪華なドレスは無く、麻の簡素な囚人服に艶を失った髪と肌、いつもキツイほど香っていた薔薇の香りは無く、厚く重ねた化粧を取った彼女の顔は、かつての寵妃の面影を薄れさせていた。

「あ、あれがメリダ様……？　もっとお美しい方だったような……」

「あんな女に夫を寝取られたの⁉　あれは誰⁉」

ローレンスの名を使って権力を纏い自信に満ちていた彼女は、常に強気で支配者然とした美を感じられたが、有り余る富で着飾っていた洋服と化粧を剥がれ憎々しげに顔を歪めた今の彼女は、どこにでもいる年相応の女性であった。

「何笑ってんのよ！　全員、殺してやる‼」

断頭台で大きな口を開けて叫ぶ姿は恐怖すら感じられた。

彼女の姿を嘲笑う女性達の声、メリダの愛人達の妻の憎々しげな声、男達の騙されたと叫ぶ声……

どれもメリダを罵倒し侮辱するものだらけであり、それはメリダにとって、ローレンスと出会ってから初めての経験であった。

「なんで……！　全部あの女のせい……イザベラ！　イザベラァ！」

「まぁなんて下品なの……！」

「イザベラ様を逆恨みするなんて」

「くっそぉオ!! 全部私のモノだったのに……ッ！」

結局、最後まで怨嗟の叫びを続けたメリダは、人々の軽蔑の目線の中惨めに処刑された。

それでも、何故だかイザベラは、同じ国の後宮で共に過ごした彼女の死に、涙が一筋溢れた。

後悔なのか、同情なのか、恐怖だったのか、自分自身でも理解できない感情であったが、きっと何処かで忍んでヴィンセントの部下と見ているはずのローレンスはもっと苦しんでいるのだろうと考えたからかもしれないとも思った。

(世間知らずでは済まされない……きっかけはどうであれ国を摂るという事はこういう事)

「……重いのね。でも、それさえも受け止めて、手にしたものを大切にします」

イザベラは決心したように一人で呟くと、処刑台からくるりと背を向けた。

(次は……)

「イザベラ、行くぞ」

「はい、お父様」

全てを知ったローレンスは弟妹達の本心に絶望していたが、どこかで気付いていたとも言った。

ローレンスの実母は側妃に殺されたも同然の状況で亡くなっている。

自分は血の繋がりを大切にしたいと思っていたが、向こうはそうではない覚悟をしていた、と。

国民が仲睦まじい兄弟だと思ってくれており、政務に悪影響がないと思っていたから、敢えて触れずにここまできてしまった、と。

そのローレンスの態度は逃げともいえるが、ある程度の割り切りが出来ていたともいえる。元来素直な性格の彼だ、守ると決めた者の平穏が危ぶまれると途端に判断を誤るが、そうでなければ多少自身に不利益があっても飲み込んで受け入れる。

ユゼフとイザベラの嘆願があったとはいえ、彼が表向きの処刑だけで生き永らえているのは、その一点のみは未だ信用を失っていないからでもあった。

だが、ローレンスの弟妹は、彼のように物分かりが良くない。

息を潜めて過ごせと言ってもそれは不可能だと誰もが分かっていたし、ユゼフのように自分の全てを引き替えてでも彼らの命をと訴える人間は二人にはいなかった。

ゆえに、ローレンスから話を聞いたヴィンセントは、彼の弟妹を引っ立てるようにして連れて来た。

そしていつものイザベラに向ける優しい兄の顔からはかけ離れた、冷酷な表情で口を開いた。

「ローレンス、俺は色狂いじゃない時の君だったら嫌いじゃない。ろくな引継ぎもされず無知な割にはよくやってきた方だと、素質だけは褒めてやりたい程だ」

手放しの称賛だが、ローレンスは諦めたように瞳を閉じて、ただヴィンセントの言葉の続きを聞く。

「チャンスをやろう。この二人の処刑は公開せずに執り行う手筈だ。それを……君がやれ」

「……なんだと？　こんな者でも弟妹だぞ」

怒りを抑えるように低い声で言ったローレンスの頬を撫で、ヴィンセントは変わらぬ声色で悪魔のように囁く。

「そう、『こんな者』だよ。彼らは君をゴミ屑だと言っているが？　舌を抜かれて手足の自由を奪われたまま処刑の日まで過ごすか、そのゴミ屑だと罵っている兄に一息で処されるかしか選択肢のない者達だ。それに……」

「……やめろ」

「彼らはメリダの協力者だよ。弟に至っては何度も身体を重ねている」

ガクガクと震える二人は何か唸っているが口を塞がれていて言葉にならない。

兄や父と共に同席していたイザベラは、ただ青ざめた顔で「お兄様……」と引き止めるように言うが、余程怒りが募っていたのかヴィンセントが止まることは無かった。

「俺は悲しいんだ。そんな事の為に傷つけられたベラが、国民が、どんな思いでライネルにいたのかと思うと怒りが湧き上がるよ。その原因はただの思い上がった女一人。それに惚れた君も弟も、そんな弟に心酔する妹も」

「……っ」

「たかがメリダごときの色に狂った愚か者だ。勿論、一度は君を信じようとした俺もベラも愚かだったが……」

「お兄様、もういいわ。処刑は処刑人に任せましょう」

「だめだ。ローレンス、君の命を残しておくことのリスクを負うのは此方なんだ、君がきちんと信用に値する人間だと証明してくれ。『君の本当の家族』の為にもね」

ユゼフの事だ。

今現在、彼が本心から家族と呼べるのは彼しかいないのだから。

ローレンスはグッと下唇を噛んで目の前の二人を見てから、ふとユゼフを思い浮かべた。

そして、今更になって初めてサラとテリーヌを思い浮かべた。

(私ではなくイザベラの為だとしても、彼女達はとても献身的にライネルを治めてくれていた。なのに……)

最後まで彼女達を妻として……家族の一人として扱う事もなく、結局そのまま、永遠の別れとなってしまった。

誰の言葉にも耳を傾けなかった自分を振り返る。

サラとはろくに話した覚えがない。

テリーヌは一度メリダの悪行を告発してくれたのに、自分こそが彼女の勇気を無下にしてしまった。

何度言い合っては部屋を飛び出るユゼフを見た？

いつからだ？

ユゼフが自分に何も言わなくなったのは……

彼だけが、彼らだけがずっとローレンスと向き合っていたというのに、ローレンスが彼らを王宮内のあの境遇に引きずり込んだはずなのに……

（ああ、そういえばメリダはユゼフを笑っていたな……）

弟と寝ている時は？

所詮傀儡の王だとローレンスを笑っていたのか？

そう考えれば考える程にメリダへの不信感が増す。

「ま、彼女が死んでからじゃあ今更だよ」

まるで心を読んだようにそう言ったヴィンセントに思わず驚いて一歩下がるが「顔見てれば分かる」と興味なさそうに言われてしまった。

「……じゃあ、さて……どうする？」

冷酷なだけではない、ただ静かにこちらを見定める、初めて会った時から今まで見たことのないヴィンセントの雰囲気に、ローレンスは腑に落ちる。

地位こそ王子だが、心構えとしては――彼はもう、王なのだと。

気性こそナイアードの好戦的なそれだが、ナイアードさえ守れれば良しとしてきた父王ファラエルとはまるで違う。

ヴィンセントにとっては、それこそ不本意ではあったが、イザベラの政略結婚から離婚、メリダの暴走まで、全て好機であったのだ。

そしてイザベラは本人すら自覚しないまま、兄が王として全てを手に入れるための『火種』を作る仕事をこなしたのだろう。

(――恐ろしい人だ)

「……あぁ、俺は最初から君にベラをやるつもりは無かったけど、『無傷で』返してくれた事だけは感謝するよ」

そう言って顔面蒼白なイザベラをあやすように抱きしめると何か耳打ちをする。

するとみるみるうちにイザベラのその顔つきは彼女らしい強い眼差しとなり、覚悟をきめたような目つきとなった。

彼女の表情に、言葉を交わせるのはこれが最後だと悟ったローレンスは、我知らず彼女に呼び掛ける。

「イザベラ……」

「勝手に喋るな」

「申し訳ない、ただ、最後に彼女に頼み事と、謝罪がしたい」

その言葉に、ヴィンセントはしばし考えた後、仕草で許可を出す。

かつて夫婦であった二人は、改めて向かい合った。

「イザベラ、どうか、ライネルの民達を……」

「……、心配せずとも、私の民でもあった方達です。必ず守ると約束しましょう。大陸の全ての属国、同盟国についてもです」

「……すまない、恩に切る。ユゼフのことも、頼む……」

「彼にはこれからも会えますよ。でも、立場を違えないで。今後は私がユゼフに貴方の監視を頼むのです」

そこまで言って、目を伏せる。

まず国民を、次に家族を——ああ、やはり、メリダに惑わされていなければ、この人は正しく守るべき者を守り、自身では至らないと思えば躊躇いなく頭を下げられる人だった。

全てが手遅れになった今になって、彼の美点が煌めき始めたことが、こんなにも悲しい。

「けれど……彼は貴方の家族でしょう。大切になさい」

「ああ、必ず。……私は、イザベラ、君に謝らなければ……何度謝っても足りないが……」

「どれを？　……どれももう過ぎた事です。貴方は今より私の監視下のもと、その役割を全うしなさい」

そう、もう全てが過ぎた事なのだ。

再度ローレンスと目が合ったイザベラは、まるで自分にも言い聞かせているようにも見えた。

その言葉にローレンスは静かに膝をつき、頭を垂れたまま足元の剣を握った。

彼が役割を果たす証明を行ったのは、一瞬の出来事であった。

血飛沫ひとつ出ぬように綺麗に貫かれた弟妹を受け止めて、ほんの少しの間だけ肩を震わせたあと、すぐに起き上がってヴィンセントに剣を差し出し忠義を誓う。

そのまま、与えられた部屋へ戻るように兵達に付き添われて行った。

その後ろ姿から目を離さぬままに、イザベラはヴィンセントの手をぎゅっと握った。

「大丈夫だよベラ。お前はよくやった。あとは任せて」

ふるふると左右に緩く首を振ったイザベラは、一筋だけ涙を流してから、前に進んだ。

「私もお手伝いするわ。行きましょう」


新・ディオネ公国となった元のライネル国は、戦に負け王族が処刑された後とは思えない程落ち着いており、活気に満ちていた。

ファラエルは王位をヴィンセントに譲り、太上皇宮でヴィンセントを手伝いながら妻とゆるりとした日々を過ごした。

ヴィンセントはファラエルを越える大帝となり、イザベラがつけた火種で得たライネルをきっかけに次々とライネルに反感を持っていた国々を味方につけ、反発し攻め入る国を制圧したことで、ナイアードは島国でありながら大陸の統一を成し遂げた。

大陸での拠点となる旧ライネル、新ディオネ公国はイザベラの手によって見事に治められ、大陸統一にも多大なる貢献をした。

父や母から教わった深い情愛と、兄から学んだ帝王学、そして自らの甘さから経験した苦い経験はイザベラを形作る一部となり、彼女を絶対的な女大公とした。

民や家臣へも分け隔てなく愛情を持って接するその姿勢は沢山の称賛を得たが、時が経つと同時に世継ぎを心配する声が沢山上がっていた。

「イザベラ様、そろそろお相手を探さないとなりませんね……」

執務室でイザベラにそう告げるのは、サラと共にイザベラの側近となったテリーヌであった。二人は女官の試験を受け、イザベラの側近として彼女に仕えることになったのだ。

「テリーヌ、私はもう懲りているのよ。繰り返すのが怖いの」

「彼もそうでしょうか？」

世継ぎの問題と共に、皆はとある人物を思い浮かべていた。

現在もイザベラの側で彼女を支え続けるキリアンのことだ。

「サラ、そうね……分かってるわ。もう一年も経つものね」

「ドウシュ公爵閣下は女性に人気ですが、難攻不落だと有名です。彼はずっとイザベラ様を待っているのでは？」

「……とにかくまずはコーリネアの港に侵攻してきている不明船を確かめに行かないと。お兄様より指令が来ているわ」

「また、自ら兵を率いるおつもりで？」

「ナイアードでは君主が皆を導くの、ディオネもそうよ」

「ですが……」

心配そうに食い下がるサラの手にそっと手を添えて左右に頭を振るテリーヌ。

それに、グッと目を閉じて頷いたサラを見てテリーヌはイザベラに微笑んだ。

「では、いつも通り留守は私達がお守りします」

「お気をつけて、行ってらっしゃいませ」

「二人とも、いつもありがとう。貴女たちには言葉ではなんて伝えればいいか分からない程、感謝しているわ」

三人で微笑み合うのも束の間、すぐに執務に目線を戻そうとした瞬間、扉の前からミアの焦ったような声がした。

「イザベラ様っ、ドウシュ公爵閣下がお越しです……！」

「キリアンが？　通して」

「女大公閣下、突然のご訪問をお許し下さい」

「堅苦しいのはやめてキリアン。どうしたの？」

「……ベラ。また出征すると聞いた。内海に船が届いている。今度は激戦になるぞ。残るんだ」

「何を言うの？　そんな事できる訳ないわ……」

「代わりにウチが受け持つ」

「いけないわ、大勢の兵を率いるには時間もかかるし、兵達の疲労も大きすぎる」

「じゃあ、俺だけでも共に行く」

「そんなの……」

「ヴィンセント様の許可は得ている」

口ごもるイザベラ。聡明な彼女は、自分がどうしてここまで意固地になるのか、流石にもう理解していた。

どんなに気にしないよう努めていても、一度は共に理想的な夫婦になることを夢見たローレンスと、すれ違い、決別し、実際のところは生きているといっても世間的には死なせてしまった事実は、今も重くのしかかる。

同じようにキリアンを失うのが怖かった。

夫婦となった後に彼の愛情を失ってしまうのも、戦争等で命を落とし彼そのものがいなくなってしまうことも……

「……貴方だって危険よ。来ないで」

テリーヌとサラは少し驚いたように目を見開いたが、イザベラの気持ちは本人以上によく理解している。

そのため、イザベラの言葉などお見通しだと言うような愛おしげなキリアンの目に安堵して微笑ましげに笑った。

二人は想い合っているのだと確信したからだ。

キリアンがイザベラを見る瞳は相変わらず隠そうとも隠せもしないほど愛おしさにあふれていて、イザベラもまた、彼を大切にしているのだと見て分かる。

キリアンは、この一年で王となったヴィンセントの側近として、また王家に仕える忠臣ドウシュ公爵家の当主として、更に頭角を表していた。

統治を任された首都は栄え、戦ではヴィンセントに並んでキリアンは功を成した。

勿論、イザベラも自ら出征したが二人の功績には敵わなかった。

どうやらユゼフの稽古までつけてくれているようで、大陸にいるイザベラの代わりに孤児院に脚を運んでくれているのは妹達とキリアンのようだった。

ローレンスは真面目に働いていると言うが、稀にイザベラの名を呟き上の空になるらしい。

宦官になればイザベラの側にいれるのかと尋ねてきた時は思わずキリアンは頭を抱えたと言う。

だがすっかり孤児院の子供達を我が子のように思っている様子で、子供たちに向ける愛情は本物に見えた。

ユゼフと共に、子供達に目一杯の愛情と知識を与えていると言う。

「どんな時も一緒に成し遂げただろう。たとえ死ぬ時も一緒だ」

「馬鹿ね、お兄様が貴方を死なせる訳ないわ」

「それはベラも同じだろう。出発は明日だ」

もう、断る理由が見つからなかった。

こうまで言われてしまえば、例え命を落とすとしても彼となら幸せだろうなとさえ思ってしまったからだ。

「敵を見事制圧したときは……イザベラ、そろそろ伴侶が必要ではないか？」

「ふっ、何それ。珍しく下手くそな口説き文句ね」

「はぐらかすな、俺も必死なんだ」

「そうね、後継ぎを作れと皆がうるさくて困っているの。この指輪の出番が来たのかしら……」

「ベラ……っ！　それ、もう無効になったかのかと不安に……」

あの時、キリアンから渡された指輪をチェーンに通して首から下げていたイザベラがそれを取り出すと、キリアンは珍しく瞳を潤ませた。

口元を手で隠してそっぽを向いたキリアンの耳は確かに赤かった。

幼い頃から焦がれ続け、静かに流れる水のように自然とイザベラへの愛が自分の中にあったが、明確な言葉や行動で受け入れられたのは初めてだった。

「ごめんなさい。正直まだ怖いの。けれど……もしこのまま死ねば後悔すると思って」

「滅多な事を言うな、勝利も幸せも必ず俺がお前に献上する」

こういう所がずっと好きなのだと、イザベラは胸が熱くなった。

「まぁ！　お二人とも！　安心しましたわ！」

「……イザベラ様っ、本当によかったです！」

テリーヌとサラが歓喜する。

「イザベラ様、私はこの時をお待ちしておりました！」

古くから仕えるミアは涙を流して喜んでくれた。

照れたようにはにかんだ二人は、彼女達らしく抱きしめ合うわけでもなくただ指先をきゅっと握ってから顔を見合わせて、「まずは、コーリネアを」と力強く宣言した。

その後、見事コーリネア港にて不明船の侵攻を阻止し制圧した二人は仲睦まじげに城に帰還した。

それはまだ知らぬ別大陸からの侵攻であったようだったが、ナイアードとディオネの軍というよりもイザベラとキリアンの私情によって、鬼気迫る活躍の元になす術もなく制圧されたようだった。

まるでこの時を待っていたと言うようにナイアードでは二人の報告に歓喜し、結婚の段取りは驚くほど早く進んだ。

それこそ、前もって準備していたかのように。


――そして、結婚式の日がやってくる。

「新郎、キリアン・ドウシュ公爵は生涯、イザベラ・ディオネ大公だけを愛すると誓いますか」

「はい、誓います」

「新婦、イザベラ・ディオネ大公は生涯、キリアン・ドウシュ公爵だけを愛すると誓いますか」

「誓います」

「これより二人を夫婦と認めます。ナイアードの星ディオネ夫妻に末長い幸福があらんことを……」

イザベラの爵位から、キリアンはディオネ姓となることを決心したが、個人としての爵位は公爵でありドウシュ公爵及びディオネ大公配となる。

実質王位継承権二位であるイザベラの姓を優先する事になったが、国中の人もキリアンも、そんな事は気にならぬほど幸福感に満ちていた。

「やっとか……」

ヴィンセントの気苦労の伺える声色に、ファラエル達も、妹達も、テリーヌもサラも、ユゼフも皆が嬉しそうに笑う。

ファラエルが幸せそうに微笑むイザベラをぎゅっと抱きしめる。

「イザベラ、本当におめでとう」

誰もが笑っていた。

誰もが幸せだった。

守りたい誰かのために奔走し続けた人々は、今日この日、全てが報われたのだ。


少し短くなったアイスブルーの髪を無造作に下ろし、幾らか日焼けしたローレンスは、ナイアードの奥地、イザベラを想って孤児院の窓を見上げ、そっと涙を一筋流した。

「今日が結婚式か」

もう、振り返ってもどこから間違っていたのか分からない。

後悔だけが常に押し寄せる。

ユゼフが自分を家族だと言い続けてくれていなければこうして後悔しながらも生き永らえる命すら無かったのだろうと感謝する反面、彼から妻だったはずのイザベラの話を聞くたびに、一喜一憂して生きた心地がしなかった。

今になって、自分が彼女を幸せにしたかったと思う。

そしてそれ以上に、彼女が幸せに笑う姿を見たいと思う。

どちらも叶わない願いだとは、重々承知している。

ここの子供たちはみな真っ直ぐで良い子ばかりで、ローレンスが逆に学ぶことも多く、救われていた。

だからこそ、「こんなに良い子達と、罪を犯した自分が共に生きていていいのか？」と自問自答する日もある。

そんな時ユゼフは「俺の我儘で苦しめてすまない」と言ったが、その意味は今になって分かった。

ユゼフはきっと、そうなれば自分が罪悪感に苦しむと分かっていて尚、メリダのいない世界で自分に生きてみてほしかったのだ。メリダとは縁もゆかりもない、これからの世界を作っていく子供達と共に。

今日はその子供たちもお祝いでナイアードの者達と街に出ている。

「……イザベラ、すまない……すまないっ……それでも、今更っ、こんなにも愛おしいなんて」

幸せにしたかった。

幸せになるところが見たかった。

自分こそが苦しめた数年間を取り返すくらい、幸せになってほしかった。

――そう願い続けたイザベラが、今日、やっと世界一幸せな花嫁になる。

「……おめでとう」

そう言って見上げた青空は澄んでいた。

しばらくして、背中に感じる気配にローレンスは振り返る。

「ヴィンセント様……ユゼフ」

並んでこちらにやってきた二人の表情は、どちらも見たことがない表情だったが、対照的でもあった。

ヴィンセントは彼らしくもなく少し浮かない顔、ユゼフは元来明るい彼には珍しいがよく似合う、安らかな微笑みを湛えていた。

「ローレンス、全部終わったよ」

「そうか」

「イザベラ様には秘密だけど、そもそもファラエル様とヴィンセント様と約束したのはイザベラ様が登り詰めるまで。せめて彼女が栄光を手にするその時まで、恩返しがしたいと約束だった」

「ああ、ユゼフ……よくやってくれた」

「お前の部下としてじゃない。お前の忠臣は、『皇帝ローレンス・ライネル』を裏切った時に死んだ。ただ、一人の馬鹿な男として、『家族』と過ごす時間の猶予を懸命に勝ち取ってくれたイザベラ様に報いたかったんだ」

「それでいい。……イザベラは……笑っていたか？」

「幸せそうだった。もう全部終わったよ」

ユゼフがローレンスにそう答えると、彼は「ありがとう」と二人を見た。

「あのまま、濁った目で見た世界で正気を持たぬまま死んでいても悔いが残った。元ライネルの民の未来は安泰だと思える時間を貰えた。彼女の幸せを知って、若い命に触れて、家族との時間を取り戻せた。これ以上の幸せはない」

だからもう十分だと、ローレンスは言った。

今日ここに二人が来たのは、自分の命の期限がここまでだったからだろうと、言われるまでもなく察しがついた。

ユゼフのおかげで、得られるはずのない幸せが得られた、と。

そのユゼフが、ローレンスに近づき、彼と並んで、ヴィンセントへと口を開く。

「最期のほんのひとときだけでも、イザベラ様にお仕えし見届けられたこと、身に余る光栄と思っております。僅かなりともご恩に報い、お支えできていたなら幸いです。……そう、お伝えする機会があればお伝えいただけますか」

それは、まるで、ユゼフももうイザベラと会えないと覚悟を決めているかのようで……

「行こう、ローレンス」

「ユゼフ、なぜ、お前まで……っ」

「あの時言ったろ？　お前と心中するよ、って」

「――っ！」

あのとき、取り返しのつかない過ちを犯してそれに気づきすらしていなかった自分が、蔑《ないがし》ろにした言葉。

ボロボロと涙を流したローレンスは、声にならない声で小さく返事をし、決心したように地面にあぐらをかいた。

ユゼフも隣に同じようにあぐらをかいて「懐かしい酒を持ってきたんだ」と、昔を思わせるような明るい笑みで言った。

二人は片腕を高く上げて、グラスを掲げた。

「「乾杯、来世でまた会おう」」

彼らは流れる涙をそのままに満面の笑みで酒を飲み干す。

直後、ヴィンセントの剣が二度振るわれた。

悲鳴どころか呻き声すらない。そこにはもうヴィンセント一人きりだった。

そっと二人の目を手で閉じてやり、そのまま立ち上がったが、顔を上げることは出来なかった。

最初に思い浮かべるのは誰よりも幸せになった妹イザベラのこと。

ローレンスに別れを告げたときも、ライネルで処刑を見たあとも、戦地で人々を乗り越えている時も、罪人を捌いて行く時も、彼女は泣かなかった。

心配で声をかけると、それでも涙も流さず、ただ苦しそうに「やっぱり重いわね……」と無理矢理笑っていた。

まだ自分とイザベラしか王家の子がいなかった頃、父が一人涙する姿を見ていた。

キリアンが、イザベラがようやく泣いてくれたと、自分自身も苦しそうにしながら報告するのを聞いていた。

「ベラ……っ、俺も……、……重いよ」

ヴィンセントの瞳から一筋、雫が零れ落ちる。

王の重圧に負けぬよう誰にも寄りかかるまいと思っていた。

妹を苦しめ、国民を蔑ろにした帝国の王族たちに情けはかけないと決めていた。

けれど、ヴィンセントとて分かっていたのだ。

ローレンスの母がもう少し生きていれば、ユゼフが平民の出ではなくローレンスの後ろ盾となれる家の者であれば、メリダがいなければ、もっと早くイザベラが嫁いでいれば……

何かひとつでも違っていれば、ローレンスを義弟と呼んで可愛がり、イザベラが帝国で幸せそうに笑っていて、祝福しつつも独身を貫くキリアンの愚痴を宥めてやる、そんな未来があった。

『家族』になれたかもしれなかった二人が、最期に見せた美しい絆を前に、涙が溢れた。

すると、軽く地面を弾くような静かな足音がして、誰かが走ってこちらに向かってきていると気づいて、焦って顔を上げると……

「お兄様!!」

ドアを開けて駆けてくるイザベラに驚く。

何故ここにいると知っているのだ。

いや、そもそもなぜ、結婚式を挙げた花嫁がここに来れるのだ、事前にヴィンセントが参列後すぐにここに来ると知っていなければありえない速さだ。

きっと傷つくだろうイザベラにだけは、このような場面を見せたくなかったのに。

キリアンは気を利かせたのか、気配を感じる範囲内にはいないようで、イザベラとヴィンセントは二人、部屋に向かい合う形となった。

「ベラ、これは……」

「ローレンスが期限付きの命だったことは知っているわ！　元々は私が……なのに！　お兄様がぜんぶ背負ってしまうなんて！」

イザベラはユゼフが彼の鍵付きの日記帳に近頃なにやら一生懸命書いているのを知っていたし、子供達が今度から首都の施設に移ることも知ってしまっていた。

挙式後の宴でユゼフとヴィンセントの姿がない事で勘づいた彼女がファラエルに問いつめると、父は少し渋ったが「私は一人だった」と話し始めたのだ。

「イザベラ、お前はずっと優秀だった。だから主君として育ていつか私の座を継ぐヴィンセントと手を取り合えるようにと考えた。……今がその時なのかもしれんな。夫婦や親友、自らの子すら持ち得ない繋がりが兄妹にはある」

「お父様？」

「父と母から受けた同じ血を持つ者はお前の兄や、妹だけなんだ。不思議な話だが、時としてそういうものだけが、互いの心の瀬戸際を感じ取ることがある。そんな縁を大切にしなさい」

こくりと頷いたイザベラは急いで孤児院へと向かったが、ドアを開けて顔を上げたヴィンセントを見て驚愕した。

（お父様が言ったのはこのことね……私の心の瀬戸際は、お父様とお兄様、キリアンが帝国に来てくれたあの日。そしてお兄様の心の瀬戸際は今……）

膝を突いて、亡き二人に祈ったイザベラは、すぐに立ち上がってヴィンセントを抱きしめた。

厳しく学んできた上で、どの兄妹達とも違うイザベラとヴィンセントにしか分からない苦しみや、想いがあった。

その度に二人で乗り越えてきたし、お互いが支えでもあった。

ヴィンセントにはいつも守るべき妹達がいたし、イザベラにとってもそうであった。

そんな二人にとって、いつかはくると予期していたことであったが、それでも心が傷つかないわけではない。

「ごめんなさい……お兄様」

「ベラ……俺は大丈夫」

「そんな訳ないでしょう、分かるの」

二人は子供の時のように手を繋いで部屋を出る。

二人の気持ちが落ち着くまでずっと外で待っていたキリアンは、悲しげに笑ってからイザベラの空いている方の手を取った。

言葉は必要なかった。三人とも同じ気持ちだった――

――自分達こそが踏み躙って蹴落としたも同然の帝国の民を、ナイアードの民と等しく守っていこう。絶対に、冷遇などしない。

「ナイアードの未来に」

「ディオネの未来に」

「大陸の未来に」

そうまるで言い聞かせるように言って、足を踏み込んだ。

最愛のあなたへの愛が止まりません

あの日の宣言通り、イザベラ達兄妹は相変わらず強い絆で結ばれているし、キリアンとイザベラは仲睦まじい。

王族にもかかわらず変装もせずに街を歩くが、皆はもうすっかり慣れてしまい取り囲む事もなく次々と声をかけて気軽に挨拶をする程だ。

「大公様〜ごきげんよう！　いいリンゴが入ったよ〜！」

「公爵様！　孤児院ですかい？　あそこのホビーの奴、もうヤンチャで手に負えねぇよ、どうにかしてくれ！」

「お二人とも今日も仲睦まじいですねぇ！」

賑やかな民に二人は顔を見合わせて幸せそうに笑った。

イザベラのお腹を気遣うようにさすってエスコートするキリアンは、実際とても幸せだ。

大陸の乱世は統一と共に落ち着き、こうやって街中でキスをして民に囃し立てられていられる程平和で幸せな世を築いていた。

「もう、こんな所で……でも愛してるわ、キリアン」

「……俺も、愛してるベラ。ずっとずっと子供の頃から」

「何度も聞いたってば、照れるからやめてちょうだい」

「やめない、やっと言えるんだ。何度だって愛してると言う」

我慢をやめたキリアンは蕩けるほど甘く周囲の者が思わず赤面するほどで、イザベラは毎日心臓が忙しく働くので幸せすぎて早死にしそうだとたびたび零す。

まだ然程目立たないお腹の所為で、他国へ行くと思わずイザベラに声をかける者もいたがキリアンは決して隙を見せなかった。

その溺愛ぶりはナイアードどころかディオネ公国、同盟国にまで伝わるほどで、立ち振る舞いはスマートであるにもかかわらず案外武闘派なところや愛妻家なところが婦人達の人気を得た。

要するに、人気者同士の美男美女夫婦なのも相変わらずだ。

「お、ヴィンセント兄さんから伝書鷹だ」

「お兄様から？」

「明後日ごろに着くって」

「お兄様ったら、いくらお父様がいるからって国を出過ぎじゃ……」

「ベラが大切なんだよ、まぁ此処もナイアードの一部だしな」

「ふふ、そうね」

これ程に穏やかな日々が来ることを誰が予想しただろうか？　イザベラ達は待ち望んだ平和な日常を過ごしていた。

だが一つ、キリアンにはどうしても乗り越えられていないものがあった。

昔から彼には敵わなかったが今もそうなのだ。

尊敬してやまない幼馴染で、兄のような存在。

そしてイザベラにとっては実の兄――ヴィンセントだった。


ヴィンセントが到着したのは予定通りの日取り、二日後の夕暮れ時だった。

イザベラと同じく幼い頃から一緒に育った存在なので、勿論会えるのは嬉しいし、ヴィンセントも可愛がってくれているのは他人の目から見てもわかるだろう。

イザベラだけが可愛いのであればキリアンが忙しい時でも遠慮せず来ればいいのに、暇を見つけては大公領に来ているようで必ず二人ともがある程度時間を確保できる時期に前触れを出してやって来てくれるのもその証拠だ。

しかし、当たり前のことではあるが、男女の差、そして血のつながった家族かどうかの差、というものは存在する。

そして、もどかしいことに、兄であるヴィンセントには当たり前に出来て、夫であるキリアンには出来ないことも。たとえば、夫婦そろって迎えに出た、今のような時だ。

「ベラ、夜は冷えるよ。これを羽織っておきな」

「ありがとうお兄様」

ヴィンセントはイザベラに対してはより一層分かりやすく可愛がる。

些細なプレゼントから、日常の小さな場面まで、ヴィンセントはひとつも見逃さずにイザベラの心の中をまるで読んでいるかのように行動する。

それも、あまりにもさりげないので誰も変に思わないほどだ。今の言動も、兄妹の仲睦まじさに目を細める者はいても、シスコンだなんだとからかう者はいない。

キリアンが同じことをすれば、少なからず過保護だと冷やかす人間はいるというのに。

いや、今回に限っては、そもそもこの地の気候に慣れ切ってしまって、いくら体が強いと言えど女性で更に妊婦であるイザベラに寒さは大敵だということを失念していたキリアンに、出る幕はないのだが。

そのまま、完全に日が落ちる前に行ける範囲の視察を、と歩き出したところでふと思い当たることがあって立ち止まる。

(あれ？　ベラ、少し歩くのがゆっくりだな)

キリアンがそんなイザベラの様子に気付くのと、ヴィンセントが言葉を発するのはほとんど同時だった。

「ベラ、調子が悪い？　お腹の子に触るから、先に帰って寝てな」

「お兄様、でも……」

「大丈夫、視察にはキリアンと俺で行くよ」

「ああ。ベラ、大丈夫だから休んでくれ」

ヴィンセントに続くように頷きながら、キリアンは内心で自分に落胆した。

まただ、また出遅れてしまった。

幼い頃からいつも、イザベラの異変とその理由に一番に気付くのはヴィンセントだった。

それは今も変わらずで、キリアンはいつも複雑な気持ちになる時がある。

これが自分一人でイザベラを守れるようにならなければという責任感や、気づけなかった罪悪感だけなら、まだいい。

幼馴染でしかなかった昔と違って、今は俺がベラの夫なのに、という嫉妬心までついてくるから厄介だ。

こんな些細な嫉妬など、ヴィンセントにバレてしまえばきっと、「馬鹿だなぁお前は」と自分の頭を子供のようにかき混ぜるのだろう。

容易に想像がついて、小さく唸ってしまう。

しかし、案の定気づいたのだろうヴィンセントに何か言われるより先に、イザベラがキリアンに近づき、顔を覗き込んでくる。

「キリアン、どうしたの？」

イザベラもまた、ヴィンセントに似て人の感情の機微を読み取る事が上手だ。何故かキリアンの積年の恋心については、なかなか伝わらなかった節があるが。

求めてやまなかったエメラルドグリーンの瞳にまっすぐ見つめられ、思わず全く違うことを考えてしまう。

（美しいな……）

キリアンがそんなふうに思考をずらし、胸中のわだかまりが途端に消え始めたことなど思いもよらないのだろう、宝石のような瞳は心配そうに揺れている。

そしてもう一対、そんな考えの変遷すら含めて読み取ってしまっているかのような瞳がキリアンを見つめている。

心底可愛い、自分達二人に対してそう思っていることを隠しもしないヴィンセントだ。

気恥ずかしさと少しの嬉しさを感じ、だからこそ複雑な気分が舞い戻ってくる。

「いや、……気づかなくて悪い」

「気付いてくれたでしょ」

「？」

「立ち止まっただろ、キリアン」

ヴィンセントの言葉にハッとする。確かにイザベラの歩調に違和感を覚えて立ち止まった。

だが別に、辛そうに見えたとか、ましてやヴィンセントのように調子が悪いのだと見抜いた訳ではなかった。

「お兄様も、キリアンも、二人ともありがとう」

嬉しそうに笑ったイザベラに心がじわりと温かくなるも、イザベラを気遣って支えるように立つヴィンセントにやはり敵わないなと思った。


それからも一度気になってしまえば目が向くもので、次の日も、食事中や、執務の間、移動や些細な気配りまで……ふとした瞬間にヴィンセントがイザベラに向ける心配りが気になってしまう。

何せ、ヴィンセントは「やっぱりイザベラの心が読めるんじゃないか？」と幾度となく思ってしまうくらい完璧な立ち振る舞いなのだ。

キリアンとしてはどうしても落ち着かない。

イザベラとヴィンセントは兄妹だし、特に二人は、次期王並びに次期女大公として厳しく学んできた同志でもある。

ヴィンセントがやや年若く見える容貌で、イザベラが大人びた顔つきをしていることもあり、昔から、とても七つ離れた兄妹とは思えないと言われていたほど、お互いに家族の中でも背負ってきた役割が近しい二人なのだ。

誰であってもどこか入り込めない絆はその所為だろう。

けれど、キリアンとて幼い頃からイザベラだけを見てきた。

決してイザベラが第一王女だったからではない。

地位や権力に目が眩んだ事はないし、他の姉妹や、捉え方によっては彼女より格段に魅力的だったのだろうどの縁談にも心が傾いた事はない。

ただ、幼馴染のイザベラ一人を想って生きてきた。

イザベラの支えになるために。

あのままライネルの皇后になって幸せに暮らしていれば、イザベラが自分の力を必要とする限り手を差し伸べるつもりだったし、余計な噂話でイザベラの邪魔にならぬよう初めは身を引いた。

その間こまめに手紙のやりとりをし、不遇に気づき、国としての体面を保てる理由と時期をもってイザベラを取り返しに迎えるよう立ち回ったのは、やっぱりヴィンセントで、だからこそ敵わないいなぁと思う。

イザベラが誰かを必要としたとき、誰よりも早く駆け付け意図を汲める自信はある。

だが、いずれ彼女に必要になるだろうと前もって準備しておくことは、ヴィンセントには敵わない。

そんなことを徒然と考えていると、いつの間にかキリアンはバルコニーまで出てきていた。

今日もこれからヴィンセントと視察だ。

イザベラには大事をとって今日も休むよう伝えている。

とはいえまだ時間に余裕はあるため、ここで少し休憩していても問題はない。

イザベラの好きな花だけで造った、ナイアードの……ディオネ公国も実質ナイアードだが、キリアンにとってはどうしてもあの島国が『ナイアード』という感覚になる……景色を真似た庭を眺めながら、幼い頃からの自分たちの思い出に耽っていると、後ろから声をかけられた。

「キリアン」

「……ヴィンセント兄さん」

振り向いた自分の一瞬の表情で、また色々と読み取られたらしい。いつものように微笑んで告げられる。

「お前達はほんと、可愛いね」

「また、そうやって子供扱いするでしょう」

「いや、ほんとに。……本当に、お前で良かった」

ヴィンセントの顔に、一瞬だけ影が落ちた。

そのタイミングで、帯剣していればちょうど柄がある位置を彼の手が滑る。

何を思い出しているのか、キリアンにも手に取るように分かった。

ナイアードは戦上手の国で、ましてや少し前まで乱世と呼んで差し支えなかった世相だ、王子であるヴィンセントであってもその手で直接屠った人間は両手の数で足りるようなものではない。

いいや、王子だからこそ、処刑や暗殺の返り討ちも含めれば、数えきれないものだ。

そのうえで、彼が今この場で思い出す、自身が斬った相手など、考えるまでもない。

ローレンスとユゼフだ。

毒婦に操られていなければ義弟と呼んで可愛がっていただろう男と、そんな男を家族と呼んで最期まで共にあった従者。

けれど、未熟さゆえにイザベラを苦しませる失態を引き起こした張本人たち。

憎むにも悔やむにもそれ以外の感情が邪魔をする葛藤は、きっと背負ったヴィンセントにしか計り知れないもの……

それでも、ヴィンセントはずっとキリアンの背を押して見守ってくれていた人だからこそ、その葛藤が自分には分かる気がした、というのは傲慢だろうか。

少なくともキリアンには、今のヴィンセントに言わなければならない言葉だけははっきりと分かった。

「ヴィンセント兄さん、俺はイザベラを幸せにします」

「もう幸せだと思うけど。頼むよ、これからも」

「はい。だから、貴方にも幸せになって欲しい」

「……！　ははっ、良い義弟を持ったよ」

一瞬驚いたように目を見開いたヴィンセントは、子供の頃のようにキリアンのさらりとした髪をぐしゃぐしゃに撫でて「視察の前に稽古しない？」と微笑んだ。

「ベラが……」

「付きっきりだと余計に気を遣わせるだろ」

そうだった。

イザベラは自分のために侍女以外の誰かがずっと控えている、という状況を、気に病むタイプだ。

「あ……やっぱり敵わないな」

「そうかな？」

悪戯っぽい笑みを浮かべたヴィンセントの表情が一瞬、イザベラと重なってどきりとする。

そんなキリアンに「俺に惚れるなよ」と自信満々に言ったヴィンセントに思わず笑い返した。

「惚れませんよ。人として尊敬はしてますが」

「どうだか」

こんなに慕っているのに敬意が伝わっていないのか、と言葉を重ねようとすると、ヴィンセントは爆弾を落とした。

「俺とベラは似ているから。俺が女だったら、案外キリアンの初恋は俺だったんじゃない？」

その言葉に、礼儀も敬意もかなぐり捨てて大声で否定した。

「俺はベラに似ているからという理由だけで誰でもかれでも好きにはなりません！　ベラだけが好きなんだ！」

怒鳴るも同然のキリアンにクスクスと笑うヴィンセント。

憮然としながらも手で示されて彼の背後を見れば、厚手の上着を肩から掛けた、いつもより少し顔色の青白いイザベラが目を丸くして立っていた。

「ベラ……」

今来たばかりなのだろうが、それにしたって、いることに全く気付かなかった。

目が合うと、青白かったイザベラの顔にみるみる血色が戻っていく。

最終的に真っ赤になった頬に手を添えながら、渡し忘れていたのだという視察の資料をキリアンに手渡した。

そして小さな声で呟く。

「……嬉しいわ、すごく」

キリアンを見上げたイザベラの表情にヴィンセントは満足そうに笑った。

「ずるいよなぁ、俺のベラはキリアンにしかその顔を見せないんだから」

甘えるような、照れたような潤んだ瞳と、幸せだと隠せないほどに溢れる笑顔。

まるで年相応の女の子のような表情。

こんな顔はキリアンにしか見せない、昔からの彼の特権だったのだ、と語る。

イザベラを第一王女でも女大公でもない、『ただのイザベラ』に出来るのは、キリアンだけの特権だと。

「！」

「お兄様ったらやめて頂戴」

「ふふ、ベラはね、キリアンといるだけで自然体になれるんだ」

ヴィンセントは眩しそうにキリアンを見て「だからね、俺もそう思える人に出会うまでは結婚しないと決めてるんだ」と言った。

キリアンに何か及ばないところがあってイザベラが心配だから結婚しないのではない。

幼い頃から、お互いの前では自然体になれる二人を見ていたから、自分もそのような存在が見つかるまで、結婚する気になれないだけなのだ、と。

キリアンは途端、安堵と幸せな気持ちが胸にじわりと広がった。

自分もイザベラの心のどこかの支えになれている事が、今更のように実感できて嬉しかった。

何もしてやれていない気がしたのに、顔を真っ赤にしてふわりと微笑んで頷くイザベラに、救われた気さえした。

＊　＊　＊

相変わらず仲睦まじげな三人に城の者達も安心していた、しばらく後――

ディオネ公国に残ったライネルの貴族達が、おもむろに国内での差別を訴え始めた。このままでは平等性に欠けると主張し、挙句キリアンにライネルの血を引く側妃を娶ることを提案して来たのだ。

勿論、これにはキリアン本人も、たまたま長期滞在となったために変わらず大公邸にいたヴィンセントも激怒した。

イザベラも冷静ではあるが良い顔はしていない。

「女で操るのに味をしめているのか？」

「不正に関わった家門はちゃんと始末したはずでしたが……」

「なんとも皮肉ね……誰かが真似をしようとしてるのね」

確かに、まだ若いキリアンとイザベラが治めることに不満を持つ者は、ナイアード内にも少数派とはいえ存在する。

けれどライネル国の滅び方を知っていれば尚更そんな策が上手くいくとは思えない筈だ。

「愚かなのか、裏があるのか……」

「では、却下でいいのね？」

「当たり前だろ、お前以外に妻は娶らない」

ナイアードはライネル国と違い、跡継ぎに恵まれない等の事情がない限り一夫一妻制で、ディオネ公国もそれに準ずる。

現在ある程度の割合で一夫多妻制が残っているのは、ライネルの文化を尊重した結果だ。

そもそも、キリアンとイザベラは相思相愛、家柄も釣り合いが取れており、側妃を娶るメリットが何もない。

更に言えば血を繋ぐべき優先順位は王族であるイザベラであるから、本来であれば彼女にライネルの血を引く二人目の夫を、と主張するのが筋だ。

もちろん、跡継ぎに恵まれなければ王族の義務として検討はしたかもしれないが、今まさにイザベラのお腹には新しい命が宿っている。

何の問題もないのであれば、このまま夫婦二人と子供達で大公一家として暮らしていきたい。

けれどもそんな二人の純粋な想いに水を差す者達がいた。

側妃が駄目なら他の方法で城に入り込めばいい、と言わんばかりに令嬢達が様々な方法で登城するようになったのだ。

なまじ表向きの理由は筋が通っているために、貴族たちを邪険にできないイザベラ達の隙を突くように、次から次へと令嬢達がやってくる。

花嫁修行にと侍女に志願したり、親の仕事に勉強だと付いてきたり……一番厄介なのは大陸の慈善事業の連合に加入する家門の令嬢達だ。

些細な用事でわざわざ登城したり、謁見を申し入れる口実の為だけに金を沢山遣ってチャリティーを行ったりと一部の貴族達は自分の娘を側妃にしたい為に躍起になっていた。

ここまでされてしまうと、当人たちとしては尚更嫌気が増してくる。

勿論、国によっては側妃を迎えても円満に過ごしている王族はいる。側妃の制度自体を否定する気はキリアンにもイザベラにもない。

けれど、自分達にどうかと言われれば、二人ともそれを望まないのだ。

百歩譲って側妃が必要な状況だったとして、メリダの悪名が未だ色褪せないこの時期に「ライネルの側妃」という響きが周辺諸国にどんな印象を与えるか、本当に全く思い至らないのだろうか。

ましてや女大公であるイザベラへではなくその夫であるキリアンに側妃を勧めるとはなんとも不自然な話だ。

いっそ何か裏があってくれと思うキリアン達をよそに、側妃候補に名乗りを挙げる者達や、娘を推薦する親達の熱は増してくる。

中でもより一層熱心に平等性を訴えかけるのは、ライネル国だった頃の筆頭貴族が汚職で処理され、ディオネ公国となった後に力を得た貴族である、オーマルス侯爵家だ。

この家は当主がまだ四十と若い。

そのため野心でもあるのかと思われたが、その推測に待ったをかけたのがイザベラだ。

「ライネル国の頃のオーマルス侯爵は、妻子思いだけれど大人しい、言ってしまえば影の薄い貴族だったと記憶しているわ。もちろん、何があっても変わらないとまでは言い切れないけれど」

「つまり、仮に野心や別の目的があったとしても、彼自身の欲によるものではなく、何かしらのきっかけがあった……と見るべきか」

推測通り、イザベラ達には知り得ないきっかけがオーマルス侯爵には出来ていた。

別に王座になど興味もなければ、権力も身の丈以上は必要ない。

けれどオーマルス侯爵には溺愛する十七になったばかりの娘がいた。

その娘があろう事が恋煩《わずら》いという病気にかかってしまい部屋から出なくなったのだ。

どうにかしてやりたい一心で約束したのが、想い人との結婚だった。

その相手がイザベラ女大公の夫、キリアン・ドウシュ大公だとは思いもしなかったが、娘がこのまま食事も摂らずに部屋で衰弱していく姿は見ていられなかった。

『お父様がどうにかしてやるからな、ラミアージュ』

『ほんとに？　キリアン大公様と結婚できる？』

『……どうにかするよ』

そんな些細な、けれどオーマルス侯爵にとっては大きなきっかけから平等性を訴えかけるという働きかけが始まったのだ。

オーマルス侯爵は元々イザベラの発案した大陸の慈善事業に賛同しており、活動の為に会議や資料、報告書の提出で登城することが多かった。

そのため、イザベラには申し訳ないと思いながらも娘を連れて歩き、娘の為により一層活動に金を掛けるようになった。


「キリアン大公様っ！」

「……オーマルス侯爵令嬢か」

「あのっ、今度開くチャリティーパーティーの件で……」

「悪いがその件はイザベラ女大公に相談してくれ」

「でもっ」

食い下がる娘を手助けするようにオーマルス侯爵は人の良い笑顔でキリアンに擦り寄る。

「では、今度視察に来て頂けませんか？　恥ずかしながら我が領地にも手を差し伸べるべき所がございまして」

「……検討しよう」

「やったわ!!」

無邪気に喜ぶラミアージュを見てキリアンは内心で疲弊した。

たおやかといえば聞こえはいいが実際は弱々しいだけの手足に、弓形に緩んだままの締まりのない瞳。

イザベラより年下とはいえど然程遠くは離れていないのに、彼女とは全く違う幼い思考と言動。

何をされても心は動かないが、それはそれとして、自分に秋波を送るのであれば、せめてイザベラに僅かなりとも並び立てるよう洗練された立ち振る舞いを心がければ良いのにと思ってしまう。

何も学ぶことなく城に来れば探し回っているのか、今日もキリアンを見つけては付き纏う二人が煩わしくて仕方がない。

ヴィンセントがこのように他国の者に付き纏われる姿を何度か見たことがあるものの、ナイアードではいつもファラエルやヴィンセントの影に隠れていた為、自らが直接となるとキリアンには経験がない。

(丁度ヴィンセント兄さんもいるし、侯爵領の視察はベラと一緒に行こう)

キリアン一人で視察に向かうとは一言も告げていないし、そもそも検討すると言っただけで快諾したわけでもないのだ。

それでも満足げに去った親子をうんざりした顔で見てから当初の目的であるイザベラの元へと急ぐ。

イザベラの部屋から丁度出てきたヴィンセントとテリーヌと偶然顔を合わせたキリアンは、

見送りに出てきた侍女のミアにイザベラが眠っていると聞き、彼女との会話を後に回して、二人に情報共有することにした。

視察の件をヴィンセント達に話したところ、彼は快く留守番を受けてくれた。

「ありがとうございます。ヴィンセント兄さんが引き受けてくれると安心できます」

勿論、普段であっても此処にはテリーヌもサラもいるので心配こそ無いが、やはりヴィンセントがいてくれるとまた一つ安心感が大きくなるのだ。

一方、一通りの話の流れを聞いたテリーヌは眉間に皺を寄せてティーカップをそっと置き神妙な顔つきで呟く。

「もしかすると、侯爵や令嬢に深い意味はないのかもしれません……」

「どういうことだ？」

「ライネルの頃にもいました。皇帝への単純な恋心で愚行に走る者は……まさかとは思いますが」

テリーヌのまさかとは、ここはもうライネルではないのにという意味でもあった。

ディオネ公国となった今、基盤も整いちょっとやそっと突いたくらいで崩れたり乱れたりする政権ではない。

その上、イザベラとキリアンの夫婦仲は皆が円満だと知る筈。

国外にすら仮面夫婦だと察せられていたイザベラとローレンスとでは、何もかもが違うのだ。

それでも愚行に走ると言うのであれば、キリアン個人への恋心で暴走している可能性は否めない。

「これは……一応気をつけな。キリアン」

「はい。ヴィンセント兄さん」

くすくすと笑うヴィンセントからのその言葉に重みはない。

キリアンに限って惑わされる事などないと信頼しているからだろう。

何せ、最も早くキリアンの恋心に気づき、その最初期から見守ってきた人間の一人だ。

イザベラが結婚して尚、身を引いただけで彼女に恋すること自体はやめなかったキリアンが、今更突然現れたご令嬢に心を動かすことなどないと分かり切っている。

二人の様子に安心したように息を吐いてからテリーヌは礼儀正しく席を立った。

「正直、羨ましいです。イザベラ様の全てを知っているあなた方が」

「「！」」

「けれど、これからは私も知っていきます」

初めて見るテリーヌの、年相応の悪戯っぽい笑顔に、二人は驚きながらも嬉しそうに笑う。

「俺の妹は愛されてるねぇ」

「はは、俺に敵う者はいませんが」

「頼んだよ、キリアン」

「はい」

その後、イザベラは視察に賛成するだろうと視察に向かう前提でおおまかな段取りをまとめつつ、彼女が起き次第意見を確認して詳細を詰めるという形で、その場は解散となった。

イザベラの返事はやはり視察に賛成で、ヴィンセントの事もあまり長く引き止めてはいられないことを考えると、日取りは早い方がいいということになった。

オーマルス侯爵のことも、娘のラミアージュのことも、夫婦間できちんと話した上で、せめて自分たちは公私を分けて視察に専念しようと誓ってオーマルス侯爵の領地へと向かう。

オーマルス侯爵が慈善事業に関心がある所為か、到着した領地は話以上に穏やかで豊かに見えたので安堵する。

けれども、もしかしたら見えていない所では貧困している人々がいるのかもしれない。そのため、ひとまずはオーマルス侯爵家の邸に予定通り停泊することになった。

室内着にしては随分と派手なドレスで出迎えてくれたラミアージュにイザベラは親切に挨拶したが、ラミアージュは一瞬息を短く吸って気まずそうにぼそりと挨拶を返しただけだった。

皆一応彼女も気遣っているのかとも考えたが、キリアンに対しては一転して声を高くして擦り寄って来ようとする。彼女の態度に侍女のミアなどはあからさまに眉間に皺を寄せるほどだった。

「キリアン様っ、お父様が食事の準備をしておりますの」

「俺は妻と来ているので食事は視察がてら外で食べるよ」

「あっ、その……皆様ご一緒にって意味で……っ」

たじたじになるラミアージュにキリアンは内心で呆れた。

この程度の返しすら予測できずに食事に誘う等、聞いて呆れる。

仮に万一イザベラがこのような成功率の低い提案に出るならば、せめて相手の関心がこちらに向くような話題を複数携え、相手が離れるまでの繋ぎを如才なく行うはずだ。

年齢を考えるとイザベラが特別優秀なのかも知れないが、子どもの頃から彼女の近くにいたキリアンにとっては全ての基準がイザベラなのでラミアージュがあまりにも拙く見えた。

恋愛対象としては幼い頃から一瞬だってイザベラから目移りしたことがなく、更に言ってしまえば庇護対象でしかないイザベラの妹達ですらラミアージュよりかは優秀だと言えるのだから、仕方のない事ともいえるだろう。

必要最低限、無礼にはならないようラミアージュをあしらいながら横目で見るイザベラは、ラミアージュに何の反応もせずに変わらない表情で堂々と佇んでいる。

そんなイザベラが隣に……肩が触れる位置にいる安心感も手伝ってか、イザベラから感じる信頼されているという雰囲気にどきどきする。

こんな場所と状況で不謹慎だと思いながらも、どれ程時が経っても色褪せないイザベラへの想いでキリアンの心臓は忙しい。

そんな雰囲気を感じ取ったのはラミアージュの侍女らしき少し歳上の女性で、まるで割って入るように、礼儀正しさのなかに刺々しさを隠して言葉を発した。

「失礼ですが、外では女大公様のお身体に触ります故、どうぞ中にお入り下さいませ」

イザベラとキリアンが一瞬、ミアに視線を向ける。

五感の優れる彼女が辺りの安全を確認して頷いたのを見てから、キリアンの友人でもありナイアードから連れてきた護衛騎士のランカイが先に進んだ。

「大丈夫です。どうぞ」

キリアンが頷いてイザベラをエスコートする。

それに続いたミアにはしっかりと見えていた。

悔しそうなラミアージュの表情と、明らかな敵意を含んだその侍女の睨みつける目が――

ミアは心配そうにイザベラを見たが、イザベラは少し困ったように笑っただけで、キリアンやランカイはミア同様に怒りを我慢しているように見えた。

豪勢な食事とオーマルス侯爵夫妻に出迎えられたイザベラ達はとりあえず一息つくことになったが、問題はやはりここでも娘のラミアージュであった。

「こちらもどうぞ」

「結構だ、もう十分食べてる」

「うちの自慢のローストビーフなんですよぉ」

あからさまにうんざりしているキリアンを手助けするようにイザベラが彼に声をかければ、ムッとした様子のラミアージュに、娘の手助けを必死でするオーマルス侯爵。

オーマルス夫人は大人しい性格なのか、オロオロと事の成り行きを見るだけだ。

「とても美味しいお食事でした。十分堪能させていただきましたので、そろそろお部屋に案内して下さると嬉しいわ」

様子を見かねたイザベラがよく通る声でそう言うまで、ラミアージュの甲高い声をひっきりなしに聞かされて、キリアンは比喩ではなく頭が痛かった。

「それなら娘が……」

「結構」

声を上げたオーマルス侯爵に片手を挙げて冷たく言い放ったキリアンは、まるで見せつけるようにイザベラの腰に手を回す。

「そこの侍女でいい」

敢えて指名したのは、あの時のラミアージュの侍女だった。

案内された部屋はとくに変わった様子はなく安堵したものの、キリアンはどうしても心配でイザベラの部屋で共に寝ることにした。

その予想はある意味当たったようで、夜が深くなってくる頃に隣のキリアンの部屋からあの甲高い声が聞こえてきた。

「何でいないのよぉ!!」

イザベラがミアに確認すると、ランカイが先に見に行ったようで、ミアと共に戻ってきて報告した。

「どうやら、キリアン様に夜這いを試みたようです」

「鍵はやはりあの侍女が?」

「はい。控えていたところを拘束しています」

「そのままベラに危害を加えに来ようとする様子はなかったか?」

「いえ、そこまでは考えなかったようです」

冷ややかな表情のイザベラとキリアンを見て、侍女の行いがどんな罪にあたるか思い当たり顔を青ざめさせたミアとランカイだったが、安心させるように「二人ともお疲れ様。今夜は仕事の時間が終わったらよく眠って頂戴ね」と微笑んだイザベラの優しさに更に気を引き締めた。

そのまま二人は一礼してそれぞれの持ち場に戻ったため、夫婦二人の時間となる。

とはいえ、それは決して甘いものではなく、ラミアージュと侍女をどうするか、という話し合いの時間だ。

「とりあえず、様子を見ましょう」

「だが、ベラ……」

「侍女は拘束しておくわ。……彼女はまだ若いもの、きっと考え直してくれるはずよ」

イザベラの顔を見れば分かる。

彼女はラミアージュに同情しているのではない。

キリアンのことを信じているのだと。

そうなるとキリアンはもうこれ以上はなにも言えなくなって、とりあえず警戒を緩めずに一晩を過ごした。


翌朝、朝食の場では不服そうなラミアージュと、含みある期待に満ちた笑顔の侯爵が座っており、体調不良だという夫人はいなかった。

その時になって初めて、ラミアージュの派手な服装とは裏腹な、シックな調度品で揃えられたこの邸がとてもアンバランスだとイザベラは違和感を覚えた。

慎ましく上品に生きてきたはずのこの一家が、最近になって悪い方に傾き始めたような。

原因はおそらく、ラミアージュの恋心と、可愛い娘の為ならばという親心。まだ、歯止めが利くはずだ。

イザベラがオーマルス侯爵を見て、ラミアージュを見る。

その仕草だけで人を魅了する、イザベラのあまりの美しさと迫力に、二人はごくりと音を立てて口の中のものを慌てて飲み込んだ様子だった。

場にいる誰もの注目を集めてから、イザベラは口を開く。

「――私は一度、キリアンの手を離しました。それがナイアードの為になると考えたから」

ほぼ全員が、イザベラの瞳に吸い込まれるように、心地のいい彼女の声をもっと求めているかのように、黙って彼女に視線を向け、言葉を待っていた。

しかし、キリアンがイザベラの髪に触れ、その愛おしげな表情を見たことで、オーマルス侯爵はハッとしたように娘を見た。

その顔は明らかに、昨日上手く事が運んだものの表情ではない。

イザベラの言葉は続く。

「けれど、キリアンはずっとそばにいてくれました。だから私はキリアンの心を疑いません。この先一生」

その声に、優しく労わるようなキリアンの声が重ねられる。

「ベラ、させないけど、不安になったら言ってもいい」

「貴方はさせないでしょ」

どう見ても仲睦まじい二人、思わずオーマルス侯爵は震える声で尋ねる。

「あ、あの……昨晩はどう過ごされましたか？」

「あぁ……」

ふと意味深に笑うキリアンにラミアージュはどきりとする。

同性であるオーマルス侯爵も思わず頬を染めてしまった程だった。

「妻と一緒に過ごしましたよ」

途端、ラミアージュが乱雑にナイフとフォークを叩きつけて部屋を走り出た。

小さなため息を吐いたキリアンに対し、イザベラはそれでも表情を崩さない。

オーマルス侯爵には一連の言動がわざとだと言うことも、キリアンの深い緑色の瞳が挑発的に煌めくのにも気付いていたが、娘の為にしてやれることはもう無かった。

ラミアージュを引き留めることも勿論できない侯爵はぎこちなくその場を取り繕うことが精一杯だった。

しかし、ラミアージュがいなくなったのであれば、ここからは貴族の暗黙の了解が分かる者同士の話し合いの時間だ。

「そういえば……ひとり、侵入した侍女を捕えました」

「じ、侍女ですか？」

「ええ、キリアンの部屋に侵入したようで……」

「何かの手違いじゃ……？」

わざとらしく驚くオーマルス侯爵の目の前に、ミアがラミアージュの侍女を連れてくると

「私は間違えただけです！」とその侍女はイザベラに懇願した。

「そうか？　確かに令嬢の声がしたんだが……お前ではなく、侯爵令嬢だったかな？」

わざとらしく問いかけた後、キリアンは続ける。

「お前にしろ、侯爵令嬢にしろ、普段であれば客室に忍び込んだ程度かもしれないが……今回は、『君主の部屋』に忍び込んだ罰が課されることになる」

そう、キリアンとイザベラはこの公国の君主である。

ナイアードがライネルを占領した後に公国が成立した上、キリアンとイザベラ本人がナイアード人であることを誇りに思う言動を隠さないため、元ライネルの貴族の中ではナイアードの王を今の君主と思いがちな傾向があるが、君主はこの二人だ。

百歩譲って占領時代のままだったとしても、イザベラは君主の娘だ。

『王族の伴侶の部屋』に忍び込んだことに変わりはない。

キリアンの指摘に黙り込んだ侍女は「私が侵入しました」とだけ呟いて下を向いた。

彼女はラミアージュを守ることを選び、これ以上の追求を拒んだのだ。

「処分はこちらに任せて頂きたい」

「……分かりました。ですが、お二方――」

騒ぎ立てる事もなく素直に連行されて行った侍女が幼い頃からラミアージュの世話係だったことを聞かされたのは、きっとイザベラの同情心を煽る為だろうが、イザベラはそれほど甘い人間ではなかった。

キリアンの部屋の鍵を持ってきたのはその侍女であるため、単独で忍び込んだ実行犯だと主張すればその主張は通る。

君主の部屋に忍び込んだ罪は重いということで、牢で余生を過ごすことになった。

どこで聞いていたのだろう、ラミアージュは飛び出てくるとイザベラの前に膝をついて懇願した。

「や、やりすぎじゃ……ルリアは私を子供の頃から……っ」

「それは罪を軽くする理由になりません」

「私の為に……っ」

「それは、貴女が示唆したということなの？」

イザベラがまるで子供を叱るようにラミアージュに問いかけると、オーマルス侯爵が唐突に「やめなさい！」と声を荒げた。

「ラミアージュ、お前は部屋に戻りなさい」

「でも、お父様……っ」

「侯爵、私は今、ご令嬢のラミアージュと話していますが？」

「娘は侍女に懐いていた所為で、気が動転しています。どうぞお許しください」

「……それでいいのね、ラミアージュ」

「――っ」

イザベラの確認にラミアージュは押し黙り、そのまま走り去ってしまった。

侍女の想いが届いたのか、それとも侍女とは正反対にラミアージュは自分可愛さに侍女を見捨てたのか……

どちらにせよキリアンはイザベラへのあまりの無礼に引き止めようとしたが、オーマルス侯爵が間髪入れずにそれを遮る勢いで謝罪した。

「申し訳ありません！　娘のご無礼をどうかお許し下さい。甘やかして育ててしまったために年齢の割にまだ気立てが幼く、侍女の件で動揺もしております」

「それと妻への無礼に何の関係が？」

「どうか、どうか寛大なお心で一度だけお許し下さいっ」

「一度だと？」

無礼というならばラミアージュのイザベラへの無礼は一度だけではない。身勝手な言い分に眉間の皺が深くなる。

今までの無礼を並べ立ててやろうかと口を開いたところで、他ならぬイザベラに諫《いさ》められる。

「キリアン、ありがとう」

まずは公務を優先しようという気持ちからだろう。

イザベラはキリアンに宥めるようにそう言った。

転じて、オーマルス侯爵には冷ややかな声色で告げる。

「二度目はないわよ、侯爵。私たちはこのまま視察に向かいます」

「そ、それなら案内で娘を……」

「来なくていいわ。案内は一人だけで結構よ」

「ですが……っ」

ラミアージュにどうか挽回の機会を。

そんな声が聞こえるようだったが、キリアンはそれを無視して「ベラの声が聞こえなかったか？」と促した。


案内の騎士の馬の後ろを走り数十分程、他の場所よりも閑散とした場所に辿り着いた。

確かに今まで通ってきた村より人口も少なく、栄えている様子はない。けれどもひどく困窮しているという雰囲気でも無かった。

カゴを持って歩く年配の女性、畑仕事中の男性、小さな子供に面倒を見る母親……様々な人に声をかけて、不安や苦労を取りこぼさないよう話をした。

けれど、どの人たちも口を揃えて「幸せだ」と笑った。

周囲の自然の中から自分たちが生きるのに必要な分だけを取って、余計な殺生はせず穏やかに暮らす。

どれだけ時代が進歩して過ごしやすくなったとしても、その新しい暮らしの中でそういった伝統を守りながら暮らしたいという村人達の強い意志が感じられた。

子供達の教育や病院設備の拡充など、時間をかけて解決していくべき点はあったものの、早急に手を差し伸べなければならない案件はなさそうだった。村長も穏やかで真面目な人間だったため、彼に宛てて金銭や物資を支援していけば、然るべき場所に問題なく振り分けてくれるだろう。

視察しなければならない場所を見て回った後、子供達が遊ぶのを眺めるイザベラの穏やかな表情、相変わらず美しいままの横顔を見つめながらキリアンは思う。

(絶対に守りたい、悲しませない)

辛い思いも、痛みも、感じて欲しくない。

あんな感情が全て抜け落ちたような顔は、もう二度とさせない。

守ってやらないといけないほどイザベラが弱い女性ではないことを分かってはいるが、できることならずっと傍にいて守りたい。

彼女が前線に出て戦うのであれば、時に並び立ち、時に背中を預け合って、彼女に降りかかるもの全てから守れる位置にいるのは自分でありたい。

今、イザベラが見守っている子供達と同じくらいの年の頃、キリアンは、イザベラの隣を他の誰にも譲りたくない一心で剣術を学んだ。イザベラの隣に居続ける為にはそれだけでは駄目なのだと学んで、様々な知識を身に着けて、賢くなろうとしたのは、もう少し年を重ねてからだっただろうか。

そうやって自分が優秀でさえいれば隣にい続けてくれると思っていたイザベラは、ナイアードを守るために、自分やヴィンセントの手を離して、ナイアードからいなくなってしまった。外に出て、ナイアードのために自分の人生を賭けたイザベラを、隣にいられなくてもせめて守りたくて、力以外の戦い方を本格的に覚え始めたのは、そこからだ。

ナイアード人は、最後の一人になっても戦う。

今や他国にも知れ渡った国民性であるこれは、国の為というよりは大切な人の為だ。

家族や仲間、恋人……

国で生きる大切な人を守るために、戦場で最後の一人になっても戦え。

ナイアードの民は、誰に教えられずとも「最後の一人になっても戦う」に込められたこの意味を理解して育つ。

そしてキリアンにとって、物心ついた頃からそういう時に浮かぶのは、あたりまえのようにイザベラの顔だった。

だからこそ、ある程度子供達を見守って満足したらしいイザベラと目が合ったところで、照れるでもなく自然と言葉が零れた。

「嬉しかったよ、イザベラが今回の件で全面的に俺を信頼してくれて」

「あたりまえでしょ、私ずっと貴方の顔が浮かぶわ」

「俺の顔？」

「私達は最後の一人になっても戦う。大切な人の為に――」

その切り出し方にまさか、イザベラも自分と全く同じことを考えていたのか、と錯覚した。

しかし、そんな都合のいい話はないかと自己完結して、キリアンはイザベラの話を聞くことに集中する。

すると、イザベラは珍しく少し情けない顔で「ずっと罪悪感に似た気持ちだった」とぽつりと言った。

「勿論、守らなければならない大切な誰かと言われたら、皆の顔が浮かんだわ。けれどいつも一番初めはキリアンだった――」

キリアンの心臓がドクンと大きく波打った。

イザベラやヴィンセントは昔から背負うものが多かった分だけ、ナイアードの皆に誠実で、平等だった。

人になかなか本心を読ませないヴィンセントはともかく、元来感情表現豊かなイザベラが、誠実であり続けたいと願っていることは、キリアンにだって伝わっていた。

イザベラの『特別』は兄や妹、両親と沢山いる。

その中に自分を当たり前に入れてくれる、それだけで満足だと思っていた。

なのに、一番初めにキリアンを思い浮かべてくれていたなんて……

イザベラがそんな気持ちに立場上の罪悪感や、家族への申し訳なさを感じていたことを知っても、やっぱり嬉しさが上回ってしまう。

目が合ったままのイザベラの髪を撫でて、頬をなぞってから自分でも驚くほど甘ったるい声が呼び慣れた名を呼ぶ。

「ベラ」

「なに、キリアン……」

「俺は、ずっとお前だけが浮かんだんだ」

「え――」

「どんな時も、ベラの顔だけが浮かんだ」

だから、罪悪感なんて感じないで欲しい。

イザベラは、たとえ最初に思い浮かぶのがキリアン一人だったとしても、大切な人達全員の為に戦っていたのだから。

どんな時もナイアードの為に身を斬るイザベラの背中は、キリアンが一番見てきた。

そんなイザベラだけを想い、彼女の為だけに戦う男が一人くらいいてもいいんじゃないかとキリアンは思うのだ。

それはきっと、自分だけがイザベラにしてやれることだ。

「本当だよ。物心ついた時からずっと俺の中にはベラがいた」

「そんな、」

「ふふ、同じだったのね」

「いや、ベラのほうがいくらかマシだよ」

「え？」

「だってベラは、俺の次には他の皆を思い浮かべたんだろ？」

少しだけ拗ねたように言葉を続けるキリアンにイザベラは心底嬉しそうに声を上げて笑った。

「ふ、あははっ、キリアン貴方、妬いてるのね」

「当たり前だろ、国中の男達がお前と結婚したがってた」

「それは言いすぎよ……」

今度は呆れた表情のイザベラ、表情豊かなイザベラが可愛くて仕方がない。

キリアンはそんな気持ちを抑えきれなくなって、思わずイザベラを引き寄せた。

「でも、俺にはベラしかいない」

「私だって同じよ」

少し乱暴なキスだった。

けれど二人にぴったりな情熱的なキスだった。

そんな二人を遠巻きに見つけた者がいた。

ラミアージュだ。

侍女の件でその場から走り去った後、大公夫妻が二人だけで視察に出てしまったと聞き、父親の制止も聞かず慌てて追ってきた。視察には当然間に合わず、今この瞬間の二人を目撃してしまったのだ。

思い切り地面を踏みつけて、奥歯を噛み締める。

握ったドレスのスカートは、折角キリアンに見せる為だけに奮発したものなのに、きっと皺になるだろう。

けれどもそうすることでしか感情を抑える事が出来なかった。いや、そんなことをしても尚、抑えられないものがあった。

「なんで、その人なの……っ？」

はしたないと分かっていても、勢いのままに二人の元へと駆け出そうとする。

けれども当然届く筈がなく、何処から現れたのかラミアージュには見えもしなかった騎士と、ただの女大公の侍女だと思い込んでいた華奢な女が行く手を阻んだ。

（二人も、何処から出てきたの!?）

「……っ、何よ⁉」

「ラミアージュ嬢、どちらへ？」

「お二人は今視察中です」

「視察ですって？　あんな事しておいて？」

ラミアージュは仲睦まじい二人を指さして言うが、ただの侍女とは思えぬ力で女——ミアにはたき落とされる。

「無礼ですよ、ラミアージュ嬢」

「あなた……っ」

「お二人はとても仲睦まじく、深い絆で結ばれています」

ミアの言葉にラミアージュはもう我慢がならなかった。

ただの侍女と騎士だということにも気が緩んだのだろう、二人にまで届いてしまうのではないかと騎士——ランカイが思うほど、大きな声で捲《まく》し立てた。

「皇帝と結婚していたくせに！　別の人を選んだくせに！　キリアン様が可哀想よ！　きっと幼馴染だからほっとけなくて結婚したに決まってるわ‼」

恋に恋して、結婚を幸せなものとしか思っていないラミアージュには、二国間の政略結婚の経緯も、かつてイザベラがお飾りの皇后として冷遇されていたことも、頭から飛んでいた。

彼女にとってイザベラは、キリアンに愛されていたくせに、ローレンスを選び、ローレンスと結ばれておいて、彼が亡くなった途端にキリアンの優しさに甘えて舞い戻った女だ。

これが平民同士の再婚と初婚の夫婦に対して未婚の娘が叫んだだけなら、恋愛感情に振り回された子供の、若さゆえの過ちだと軽く叱られるだけで済んだだろう。

しかし、仮にも貴族の令嬢が、大公夫婦に対して言い放って許される言葉ではなかった。

目の前の二人の顔つきが明らかに変わる。

その殺気に大きく肩を揺らしたラミアージュは恐怖で声が出ない。

助けに入ったのは、非難された張本人たちだ。

「二人とも、こんな所で殺気立ってどうしたの？」

「お前達も血の気が多い。悪いなラミアージュ令嬢」

キリアンがこのように声をかけたのは、決してラミアージュを庇った訳ではない。どれほど正論であっても令嬢と対立すれば立場上責められるであろうミアとランカイを庇ったのだと、冷静な人間であれば目に見えて分かっただろう。

それでもラミアージュだけは都合よく勘違いをした。

「キリアン様、守って下さってありが……ひぃっ！」

再びぞわりとする背中。

足には力が入らず、歯がカチカチと意思とは別に小刻みに当たる。キリアンの前でみっともない姿を見せたくはないのに、ミアとランカイから放たれる怒りに満ちた殺気が怖かった。

まるでこれ以上言葉を紡ぐのを許さないというような雰囲気。

イザベラのことを悪しざまに話せばこの場ですぐに殺される。

そんな雰囲気だった。

ラミアージュにとっては、『恋敵の悪口を言っただけ』なのに。

「――っ、だからナイアード人は嫌いなのよっ」

「やめなさい、ラミアージュ」

イザベラの静止も聞かずに半ば叫ぶように続けるラミアージュはもう、歯止めが効かない。

「大体、皇帝からキリアン様に乗り換えるなんて！　きっと皇帝と婚姻関係の頃からキリアン様をたぶらかしてたのよ！」

「ラミアージュ、」

「なんて、ふしだらなの！　あっちへ行ったりこっちへ行ったり、こんな人が女大公だなんて信じられない……、っ！」

直後、ラミアージュの目の前で剣鋒が光る。

強制的に我に帰ったラミアージュは、恐怖とショックでその場に立ち尽くすしかできなかった。

何故ならば、その剣を突きつけているのはキリアンだったから――

「なっ……んで？」

「俺もナイアード人だ」

「キリアン様は違いますっ、優しくて、紳士的で……こんな事するはずないのっ！」

「今、お前に剣を突きつけてるだろ」

「何かの間違い……」

「俺達はこういう奴だ。大切なものの為に非情になれる」

「私の好きなキリアン様は……」

「お前のじゃない」

チラリと視線だけを動かして見たイザベラはキリアンを止めようとしたのだろうか、珍しく目を見開き、制止しようとしたのだろう手を宙に浮かせて固まっている。キリアンの行動に驚いたのか、ラミアージュの言葉に驚いたのかは定かではない。

しかし、少なくともイザベラがこのディオネ公国でナイアード人とライネル人を分けて考えたことはなく、だからこそその二つの集団間で諍いが起こらないようにと心を配り続けていたということだけは、キリアンにも、ミアとランカイにも分かりきっていることだった。

かつてライネル国だった頃、『よそ者の皇后』は冷遇された。

ディオネ公国となった今、『よそ者』が排斥されないように……ラミアージュの今の発言は、その心遣いを踏みにじるものだったのだ。

当然、キリアンが許すはずがない。

キリアンは今、深い緑色の目が更に深く感じるほど闇の深い瞳でラミアージュを見下ろしている。

慣れている上に手練であるミアとランカイですらも肌にビリビリと感じる殺気はきっと、ラミアージュには苦しいだろう。

浅い呼吸を繰り返すラミアージュと珍しく怒っているキリアンの成り行きを見守る体勢に入ったイザベラは、一度そちらを向いたキリアンの視線にまた少し目を見開いた。

ほんの僅かにだが殺気を緩めたキリアンは、言い含めるようにラミアージュに告げる。

「俺はずっとベラのものだ、きっと自覚するよりももっと前からずっとベラのものだ」

「そんな……だってその人はあなたじゃない人と結婚を……」

「帝国での結婚生活が最初から最後まで幸せと無縁だったこと、同じ国にいた令嬢のほうがよく知っているだろう。ベラは」

彼女があの数年間どれだけ孤独だったか、自分がどれだけ連れ去りたかったか、キリアンが言葉を続けようとしたときだった。

「キリアン、ありがとう」

イザベラがキリアンの剣を持つ指先にふわりと触れた。

たったそれだけだった。

なのに、あれほど恐ろしかったキリアンの瞳が、ラミアージュもよく知る優しい瞳になり、剣が下ろされた。

そのタイミングで近くに馬車が停まり、オーマルス侯爵が慌てて転がるように降りてくる。

「ラミアージュっ‼」

安心したのか、尻餅をついたラミアージュを支える為に駆け寄ったオーマルス侯爵はそのまま一緒に尻餅をついた。

そして大粒の涙を流すラミアージュにギョッとする。

「どうしたんだ、ラミアージュ？」

父親の問いかけに答えず、ラミアージュは泣きながら訴えた。

「私、二番目でもいい！　ナイアード人だっていい、非情だって、なんだっていい！　だから……キリアン様の妻にして欲しいんです」

それは、言う順番としても時期としても遅すぎたし、聞き届けられることは決してなかったが、キリアンが恋しいのだと純粋に訴える少女の告白だった。

ただ大好きな人と一緒にいたかっただけの恋心。

決して褒められたものではなかったが、メリダに比べれば、同じ我欲でもずっといじらしい。

子供のように泣くラミアージュに、イザベラもまるで子供をあやすときのように近寄って彼女を抱きしめた。

「ごめんなさい、それはできないの」

「っ、どうして貴女が決めつけるのよぉ……」

「キリアンが望んでないからよ。勿論私もだけど」

睨みつけるようにイザベラを見上げて、思わず身震いした。

恐ろしいと感じた。

恐ろしいほど美しいのだ。

殺気など向けられていない、むしろこちらを慰めてくれているのに敵わないと直感的に感じる、そんな笑顔だった。

ハッとしてキリアンの顔を見ると、そこには見たことのない惚けた表情。

「そう。俺もずっとベラのものだし、ベラもずっと俺のものだ」

「お、キリアン様の本音だ」

「ランカイさんっ、ダメですよ」

先ほどまでの恐ろしい表情なんて無かったかのように、イザベラの側に立つキリアンは優しい表情をしている。

皆の憧れる、ラミアージュの好きなキリアンはきっとイザベラが作り出しているんだろう。

そう、理解してしまった。

「この子に私の羽織を貸してあげて」

ラミアージュを通り過ぎてミアにそう伝えるイザベラとそれをエスコートするキリアン。

やはりキリアンの表情は、ラミアージュや多くの令嬢たちが憧れる優しい表情だ。

けれどそれはイザベラがいるから生まれる、イザベラにだけ向けられるものだと気付いてしまった。

そのイザベラは、今回の騒動で怒るわけでも心変わりを危惧する訳でもなく終始落ち着いた態度で、その上ラミアージュのことまで気にかけてくれた。

ふわりと清潔感のあるいい香りのする上着が肩にかけられて、イザベラのエメラルドグリーンの髪が揺れる背中を座り込んだまま眺める。

「こんなの……敵う訳ないじゃない……」

消え入るような声で言った娘の肩を支えて安堵したようにも、哀しそうにも見える表情でオーマルス侯爵は頷いた。

「今回の責任は私が取る。お前は幸せになるんだ」

「お父様、でも……」

「きっといい人がいる。お前だけを愛してくれる人がな」

そこでラミアージュはようやく我に返る。

先程あんなにキリアンを怒らせてしまった。言ってはならないことを言ってしまったのだ、ということは流石にもう分かる。

「ごめんなさい……っ、私の所為で……！」

「いいんだ。妻と娘が私の財産で生きがいだからな」

お前がきちんと失恋出来たなら私の進退ひとつでどうとでもなる範囲は構わないよ、と侯爵は笑った。

――その後、イザベラの計らいで二人は不問とされたが、事態の収拾を余儀なくされた。

その約束通り、オーマルス侯爵はライネル出身の貴族たちを黙らせて見事まとめ上げた。

イザベラに対しては感謝してもしきれないと、オーマルス侯爵は、今度は私情ではなく誠意を持って慈善事業に協力している。


「ねぇ、キリアン様って素敵よね」

「イザベラ様って美しいけど、少し冷たい感じがするし……」

「昔からずっと一緒ならたまには違う人と……なんてね」

令嬢達は今日もチャリティーパーティーで盛り上がっている。

キリアンのあの優しく細められた瞳に一度でもいいから自分が写ることができないかと令嬢達は噂話に花を咲かせていた。

「声、かけてみようかしら」

「わたしもこっそり……」

「やめておいた方が良くてよ」

「ラミアージュ嬢……！」

そこに割って入ったのがラミアージュだ。

予想外、と言いたげな様子を隠しもしない周囲に対し、彼女は扇子を広げて眩しそうにイザベラとキリアンを見た。

「あなた達が入る隙間なんてないわよ」

「ラミアージュ嬢こそ、かなり熱心だったんじゃ……」

「無理よ。あのキリアン様はイザベラ様にだけの姿だから」

失恋の傷が癒えた訳ではなかったが、あれからイザベラのことがすっかり好きになってしまったラミアージュは目の前の令嬢達にそう言って眉を下げて微笑んだ。

「私達なんて、イザベラ様の妨げになればキリアン様にとってはなんの躊躇もなく振り払える存在よ」

二人から目を離さずに話すラミアージュに釣られて令嬢達がイザベラとキリアンを見上げる。

仲睦まじく話すふたりの距離はないに等しいほど近くて、雑音にかき消されないようにイザベラの声に耳を貸す格好をしたキリアンが何やら途端に頬を染める。

婦人たちの色めき立つ声で会場が湧くと、訝《いぶか》しそうなキリアンの瞳がぐるりと辺りを見渡して向けられる視線に首を傾げる。

イザベラもまた少し驚いた様子を見せたが微かに首を傾げただけで、キリアンのまだ赤さの残る耳をツンと人差し指でつついて少しだけ笑った。

「なんて尊いお姿なの……」

「悔しいけど、お似合いだものね」

頬を染めてため息をつく令嬢達に満足したようにラミアージュはその場を離れた。


そのキリアンとイザベラの二人が何を話していたかといえば、時は僅かに遡る。

「キリアン、さっきからどうしたの？」

「やけに視線を感じるな」

「ふふ、貴方とてもモテるからじゃない？」

「なんだよ」

「どうしたのよ」

「いや、妬いてくれないんだな……と」

少しだけ不服そうなキリアンをキョトンとした表情で見て、イザベラは周りに聞かれないように声をひそめてキリアンに耳打ちした。

「妬いてるわよ」

「えっ――」

頬を染めたキリアンに会場が騒がしくなって辺りを見渡したが、何事もないように振る舞う皆に首を傾げてからまた二人の会話に戻る。

「耳が赤くなってるわよ」

「やめろよ」

照れるキリアンが可愛らしくて、イザベラは口元に手を当ててまた笑った。そんなイザベラの両手首を掴んで、触れるだけの可愛らしいキスをしたキリアンに今度はイザベラの頬が赤くなる番だった。

「キリアン……っ」

「悪い、我慢できなかった」

とうとう紳士淑女の歓声が漏れて会場は熱気立っている。

ライネル出身の令嬢達は、帝国の皇后、あるいは女大公としてのイザベラしか見たことがない為、あんなにも表情が豊かなイザベラに思わず、同性だというのに心がきゅんと鳴った気がした程だった。

「誰が冷たそうだと言ったの？」

「ほんと……あんなに可愛い人だなんて」

二人はすっかりと人々の心を掴み、それからもディオネ公国の繁栄の為に奔走することになる。

イザベラのお腹が目立って来た頃にはもう、ライネルとナイアードの境は無く、ディオネ公国はひとつの国になっていた。

「ベラ、調子は？」

「うん。とても良いわ、この子も元気よ」

お腹の中で動く小さな命を確かめるように撫でるイザベラの隣に腰を下ろしたキリアンはその手に自分の手を重ねた。

「早く会いたいな」

「そうね、私も」

少しの間、平和を噛み締めるように何でもない話を楽しんだ二人は激務だった所為かいつの間にか眠ってしまう。

ミアがそっと二人の肩に毛布をかけていると、テリーヌが声をかけてきた。

「ミアさん、イザベラ様は……」

「あ、テリーヌ様。お二人も眠っています」

「明日なんだけど、急遽……」

仕事の調整が出来そうか尋ねようとした彼女に、ミアは不躾を詫びながらも言葉の途中で首を横に振った。珍しい、と言いたげな顔をしたテリーヌに対して言葉を続ける。

「明日はヴィンセント様とあそこへ……」

テリーヌは思い出したのか、その場所を思い浮かべて懐かしむような切ない表情で頷いた。

「そうだったわね……では、こちらで調整しておくわ」


翌日は真っ青な空だった。

冬独特の冷たく澄んだ空気と昨晩の残り雪の白さが彼を思い出させる。

蝋燭の真っ赤な火はまた違う彼を連想させて、ヴィンセントとイザベラ、キリアンはこの瞬間だけは言葉を発さない。

ここはかつて、二人の人間が最期の酒を酌み交わし、今ここにいる三人がそれぞれにやりきれない思いを抱えた場所だ。

イザベラを挟んでキリアンとヴィンセントが並ぶ。その状態でイザベラが一歩下がっているため、前後の位置としては、キリアンにとっては左後ろ、ヴィンセントにとっては右後ろにイザベラがいる形だ。

静寂の中、ヴィンセントが口を開いた。

「良い国になったよ」

「「……」」

その言葉の通り、平和で良い国だと今は胸を張って言えるだろう。

争いが無くなった訳ではないが、火の粉を振り払うのもまた守るべきものの義務だと思っている。

イザベラは、幼いころとは違ってもうかなり大きくなったキリアンの背中にとんっと額をつけて、甘えるように腕をお腹に回した。

仕方ないなとでもいうように微笑んだヴィンセントがイザベラの頭を撫でると、キリアンはそんな二人に言葉をかけた。

「俺たちは、きっと頑張った」

「そうだね」

「そうね」

「これからは二人だけじゃなくて、俺にも背負わせてよ」

イザベラとヴィンセントはキリアンの言葉に思わず目を見合わせた。

「重いけど、三人だったらちょっとマシでしょう。ね、ベラ、ヴィンセント兄さん」

キリアンがあんまり綺麗に笑うから、思わずヴィンセントは熱くなった目頭を押さえた。

イザベラは幸せそうに笑ってヴィンセントとキリアンの手を取る。

「私達の未来へ」

そう言って、乾杯の代わりに手を持ち上げた。

＊　＊　＊

イザベラは暫くして、二人に似た女の子を産み、キリアンは大粒の涙を流して喜んだ。

「ベラと同じ瞳だ」

「キリアンの髪ね」

そうやってお互いに似た部分を見つけては報告し合い、笑い合う。

この頃になれば、仲睦まじく、時には背中を任せ合って、息ぴったりに公国を治める二人の評判は大陸中に届いていた。

「ベラ、そろそろナイアードの料理が食べたくなるころかと思って買って来たよ」

「お兄様！」

「ヴィンセント兄さん……また先を越されたな」

相変わらずヴィンセントには先を越されてばかりで、可愛い妻は母になっても人気があるが、こんなにも穏やかな日々ならばこれも悪くないかとキリアンは思った。

「ねぇ、キリアン」

「ん？」

「あの時、迎えに来てくれてありがとう」

いつの話だ、なんて聞かなくても分かる。

「！」

「もう絶対貴方を見失わない。愛してる」

またキリアンの涙腺が緩む。

まるで子供にするかのように彼を抱きしめたヴィンセントが、イザベラに「キリアンの涙腺は壊れちゃったの？」と揶揄って叱られる。気恥ずかしいが、これもまた平和で悪くないなとキリアンは思った。

兄をたしなめていたイザベラもまた、実は同じ気持ちで、ずっとこんな日が続きますようにと真っ青な空に願った――

新＊感＊覚ファンタジー！

Regina レジーナブックス

レジーナブックス Regina

愛されない女は卒業します!?

王女殿下を優先する婚約者に愛想が尽きました

もう貴方に未練はありません！

灰銀猫《はいぎんねこ》

イラスト：綾瀬

長年、王女の近衛騎士である婚約者に後回しにされ続け、悪意ある噂に晒されてきた侯爵令嬢のヴィオラ。17歳の誕生日も婚約者は王女を優先し、その結果、とうとう婚約を破棄することに。婚約破棄直後、ヴィオラは親友の公爵令嬢にある男性を紹介される。そのお相手は、なんと大国の王子殿下であり、彼は以前ヴィオラに助けられて以来、ずっと想っているのだと言い出し——!?

詳しくは公式サイトにてご確認ください。

https://www.regina-books.com/

この作品に対する皆様のご意見・ご感想をお待ちしております。

おハガキ・お手紙は以下の宛先にお送りください。

【宛先】

　〒 150-6019 東京都渋谷区恵比寿 4-20-3 恵比寿ｶﾞｰﾃﾞﾝﾌﾟﾚｲｽﾀﾜｰ 19F
（株）アルファポリス　書籍感想係

メールフォームでのご意見・ご感想は右のＱＲコードから、
あるいは以下のワードで検索をかけてください。

アルファポリス　書籍の感想　検索

ご感想はこちらから

本書は、「アルファポリス」（https://www.alphapolis.co.jp/）に掲載されていたものを、
改題、改稿、加筆のうえ、書籍化したものです。

最愛《さいあい》の側妃《そくひ》だけを愛《あい》する旦那様《だんなさま》、あなたの愛《あい》は要《い》りません

abang（アバン）

2024年 4月 5日初版発行

編集－本丸菜々
編集長－倉持真理
発行者－梶本雄介
発行所－株式会社アルファポリス
　〒150-6019 東京都渋谷区恵比寿4-20-3 恵比寿ｶﾞｰﾃﾞﾝﾌﾟﾚｲｽﾀﾜｰ19F
　TEL 03-6277-1601（営業） 03-6277-1602（編集）
　URL https://www.alphapolis.co.jp/
発売元－株式会社星雲社（共同出版社・流通責任出版社）
　〒112-0005 東京都文京区水道1-3-30
　TEL 03-3868-3275
装丁・本文イラスト－アメノ
装丁デザイン－AFTERGLOW
（レーベルフォーマットデザイン—ansyyqdesign）
印刷－中央精版印刷株式会社

価格はカバーに表示されてあります。

落丁乱丁の場合はアルファポリスまでご連絡ください。

送料は小社負担でお取り替えします。


ISBN978-4-434-33629-4 C0093